U0905335

随笔典藏

人生不较劲

周国平 著

浙江人民出版社

图书在版编目（CIP）数据

人生不较劲 / 周国平著. — 杭州：浙江人民出版社，2016.8
ISBN 978-7-213-07473-8

Ⅰ. ①人… Ⅱ. ①周… Ⅲ. ①随笔-作品集-中国-当代 Ⅳ. ①I267.1

中国版本图书馆CIP数据核字（2016）第133289号

人生不较劲

周国平 著

出版发行	浙江人民出版社（杭州市体育场路347号 邮编 310006）
责任编辑	张世琼
责任校对	徐永明
印　　刷	北京鹏润伟业印刷有限公司
封面设计	门乃婷工作室
电脑制版	刘龄蔓
开　　本	880毫米×1230毫米 1/32
印　　张	7.5
字　　数	174千字
版　　次	2016年8月第1版
印　　次	2016年8月第1次印刷
书　　号	ISBN 978-7-213-07473-8
定　　价	36.00元

如发现印装质量问题，影响阅读，请与市场部联系调换。
质量投诉电话：010-82069336

目 录

序…………………………………………………… 001

知道自己要什么…………………………………… 001
不较劲的智慧……………………………………… 007
直觉优先…………………………………………… 011
人性现象…………………………………………… 014
当好自然之子……………………………………… 018
逆境也是生活……………………………………… 021
个性的风景………………………………………… 024
正常的生活………………………………………… 029
不和时间赛跑……………………………………… 033
通过做事而做人…………………………………… 036
处世待人…………………………………………… 040
兴趣和素质………………………………………… 043
觉醒的力量………………………………………… 047

智慧引领幸福…………………………………………………… 052
财富和幸福……………………………………………………… 058
法治社会与公民幸福…………………………………………… 062
灵魂的品质……………………………………………………… 065
灵魂另有来历…………………………………………………… 070
关于信仰………………………………………………………… 073
哲学的使命……………………………………………………… 078
哲学之用………………………………………………………… 085
精神生活………………………………………………………… 091
令人心碎的无奈………………………………………………… 096
关于死亡的思绪………………………………………………… 100
对女性说………………………………………………………… 104
性的境界………………………………………………………… 108
真实的爱情……………………………………………………… 113
珍惜和放下……………………………………………………… 118
婚姻，为爱筑一个好巢………………………………………… 121
论友谊…………………………………………………………… 125
论道德…………………………………………………………… 128
论感恩…………………………………………………………… 135
生活大于政治…………………………………………………… 139
法治片言………………………………………………………… 144
文化片言………………………………………………………… 150
知识分子………………………………………………………… 156
教育的目标……………………………………………………… 160
教师的素质……………………………………………………… 166

论语文教学…………………………………………………… 173
父母怎样对孩子负责……………………………………… 178
读书的收获…………………………………………………… 183
读经典就像回家…………………………………………… 190
文学艺术片言……………………………………………… 196
小杂感………………………………………………………… 199
两本书的网上互动………………………………………… 201
微博拾遗……………………………………………………… 217

序

本书是我近四年（2011—2014）的随感结集。在按时间顺序的结集中，这是第五本随感集，前四本先后是《人与永恒》、《风中的纸屑》、《内在的从容》（亦名《碎句与短章》）、《把心安顿好》。本书中的文字，部分曾在我的微博上发表，少量文字摘自同时段所写的散文。

书中有一节的标题是“不较劲的智慧”，其中分别谈到了不和自己、他人、老天较劲。本书的书名由之而来，之所以用这个书名，是觉得它对全书内容有画龙点睛的作用。比如说，“知道自己要什么”“不和时间赛跑”，也就是不和自己较劲的意思；“灵魂另有来历”“珍惜和放下”“论友谊”“父母怎样对孩子负责”，都涉及不和他人较劲，包括在爱情和婚姻中不和异性较劲，在人际关系中不和朋友及非朋友较劲，在家庭教育中不和孩子较劲；而“逆境也是生活”“关于死亡的思绪”，则论述了不和老天较劲的道理。

当然，既然是四年里随手写下的感触和思绪，内容必定是分散的，难以用一句话来概括。因此，我用这个书名更是想提醒人们，盲目较劲往往是人世间痛苦的根源，唯有具备不较劲的智慧，你才能把劲儿节省和积聚起来，使在正确的方向上，从而实现自我价值，得到真正的幸福。

周国平

2015年2月15日

知道自己要什么

1.知道自己要什么

一个人在世上生活，必须知道自己到底要什么。一是应该要什么，人生中什么是重要的、宝贵的、真正值得争取的。这就是正确的价值观。二是能够要什么，自己的兴趣和能力在什么地方，做什么事最适合自己的性情和禀赋。这就是准确的自我认识。有了这两条，内心就会宁静，行动就会从容。相反，一个不知道自己到底要什么的人，必定永远焦躁和拧巴，他东抓一把，西抓一把，到头来仍不满意，怎么会满意呢，因为他根本不知道什么能让自己满意。

2.至少知道自己不要什么

在人生的旅途中，一个人应该知道自己到底要什么，什么是自己最想做也最能够做好的事情。也就是说，应该知道自己的志向和事业之所在。不过，在年轻的时候，我们对此往往是不清楚的，这是一个逐渐清晰起来的过程。我想强调的是，你可能暂时不知道自己到底要什么，但是，你至少必须知道自己不要什么。人世间充满诱惑，它们都在干扰你走向自己的目标，你必须懂得抵御和排除。事实上，一个人越是知道自己不要什么，他就越有把握找到自己真正要的东西。

3.价值观并不抽象

一个人拥有自己明确的、坚定的价值观，这是一个基本要求。当然，这需要阅历和思考，并且始终是一个动态的过程。价值观完全不是抽象的东西，当你从自己所追求和珍惜的价值中获得巨大的幸福感之时，你就知道你是对的，因而不会觉得坚持是难事。

4.心态取决于价值观

人能否有好的心态，在很大程度上取决于价值观。一个价值观正确而且坚定的人，他知道人生中什么是重要的，什么是不重要的，对重要的看得准、抓得住，对不重要的看得开、放得下，大事有主见，小事能超脱，心态自然会好。相反，倘若价值观错误或动摇，大小事都纠结，心态怎么好得了。

5.人可以支配价值观

价值观决定一个人的人生之路的走向。人可以支配自己的价值观，因而在相当程度上可以支配自己的人生之路的走向。在这个意义上，人是自由的。有了正确、清晰、坚定的价值观，不论世事多么复杂，道路多么曲折，你心里是踏实的。放弃对价值观的主动权，在价值观上随大流，是对你的人生的最大的不负责任。

国家和民族同样如此，价值观决定了国家和民族的发展方向。价值观的博弈绝非小事，国家和民族的命运取决于何种价值观成为核心价值观。所谓核心价值观不是口号，一种价值观真正成为体制的灵魂和社会的共识，才可称作核心价值观。

6.剥夺不了的自主权

不论社会环境怎样，个人在价值观上总能拥有相当的自主权。在多么平庸的时代，仍会有优秀的个体。在多么专制的社会，仍会有自由的灵魂。一个人体验人性之美和品尝做人幸福的权利，是任何力量也剥夺不了的。

7.取舍的标准

你有一个生命和一个灵魂，它们是你带到这个世界上来的全部家底，也是此生此世唯独属于你的宝贵财产。所以，照看好生命和灵魂，让它们有一个好的状态，是你的基本责任。对于外部世界的一切，包括做事和交友，你都要依据是助益还是损害二者的状态来判断其价值，从而决定取舍。

8.照看好你的生命

你真正爱你的生命，就要照看好它，让它有一个好的状态。一个人太看重外在的功利，就会顾不上照看自己的生命，对它的状态忽略乃至麻木。生命不应该是用来获取别的东西的手段，它本身就是目的，你所做的一切，其价值归根结底要根据对你的生命状态的作用之好坏来评判。

9.对自己的人生负责

茫茫宇宙间，每个人都只有一次生命，都是一个独一无二、不可重复的存在。名声、财产、地位等都是身外之物，人人可求而得之，但是没有人能够代替你再活一次。意识到了这一点，你就会明白，在如何活的问题上，你必须自己做主，盲从舆论和习俗是最大的不负责任。在人世间的一切责任中，最根本的责任是对你自己的人生负责，真正成为你自己，活出你独特的个性和价值来。

10.长期目标和短期目标

在为人生制定目标时，有长期和短期之分。长期目标着眼于人生整体价值的实现，是根据自己的志趣和禀赋确定的一个努力方向，是寄托了自己理想的某一类事业。短期目标则是根据实际情形确定要做的具体工作，它理应体现长期目标，是走向长期目标的一个步骤和环节。有时候，因为客观情势的限制，你可能不得已偏离了这个方向，但你不要忘记你的长期目标，你要积聚能量，随时准备回到自己的路上来。

11.不怕付出代价

我主张真性情，有人说：你成功了，当然可以这样，我们这样就会很惨。我心想：我也惨过的，但是，不怕付出代价，乃是真性情之必然，因为你别无选择。倘若患得患失，谈什么真性情?

我的选择常常是老天给我的秉性在说话，而不是权衡利弊的结果。

12.生存压力和精神目标

现在的年轻人面临着巨大的生存压力，我不主张清高，生存问题不解决，是清高不下去的。但是，内心一定要清醒，要有自己的精神目标，有和没有是大不一样的。有精神目标的人，他在解决生存问题时即能保持一种内心的力量，不致被贫困压倒，也不致被诱惑败坏，而当他基本解决了生存问题之后，就能及时地走上自己的人生追求之路，不再是为谋生而工作，而是真正拥有自己的事业。

不较劲的智慧

1.分清自己能否支配

人生智慧的一个重要方面，是分清什么是自己能够支配的，什么是自己不能支配的。对于自己不能支配的，你只能顺其自然。对于自己能够支配的，你要努力，至于努力的结果是什么，也不妨顺其自然。

2.不较劲的智慧

人生许多痛苦的原因在于盲目地较劲。所以，你要具备不较劲的智慧，这包括三个方面：

第一，不和自己较劲，对自己要随性。你要认清自己的禀赋和性情，在人世间找到最适合自己的位置，不和别人攀比。

第二，不和他人较劲，对他人要随缘。你要明白人与人之间有没有缘和缘的深浅是基本确定了的，在每个具体情境中做到大致心中有数，不对任何人强求。

第三，不和老天较劲，对老天要随命。你要记住人无法支配自己的命运，但可支配自己对命运的态度，平静地承受落在自己头上的不可避免的遭遇。

3.和外部遭遇拉开距离

一个人活在世界上，必须学会和自己的外部遭遇拉开距离。这有两层意思。

其一，面对你的外部遭遇，你要保持内心的自主。人往往容易受既有的遭遇支配，被已经发生的情况拖着走，走向自己并不想去的地方。其实，既有的遭遇未必就决定了未来的走向，在多数情况下，人仍然是有选择的自由的，你一定不要放弃这个自由，而你的未来走向在很大程度上就取决于你能否用好这个自由。

其二，面对你的外部遭遇，你要保持内心的宁静。如果既有的遭遇足够严重，已经发生的情况对你的打击足够大，到了彻底改变你的未来走向的地步，那就坦然地接受吧。这个时候必须有超脱的眼光，人终有一死，一切祸福得失都是过眼烟云，不必太在乎。

总之，如果可能，就做命运的主人，不向它屈服；如果不可能，就做命运的朋友，不和它较劲。

4.不要死在一件小事上

如果你把全部注意力放在一件事上，那件事多么小也会被无限放大，仿佛是天大的事。那么，掉转你的视线吧，去看人间的百态，历史的变迁，宇宙的广袤，再回头看那件事，你就会发现它多么微不足道了。让你的心灵活在一个广阔的世界上，你就不会死在一件小事上了。可悲的是，死在一件小事上的人何其多也。

5.思虑伤身，多思健体

思虑伤身，为日常生活中的小事、琐事而忧虑、烦恼、痛苦，这种情况因为频繁发生而日积月累，事实上最容易致病。相反，有思考习惯和能力的人，能够以理智的态度和宽阔的胸怀面对人世间的事情，不但不会伤身，反而可以健体。那些想大问题的人，哪怕想的是苦难和死亡，比如苏格拉底和佛陀，身体都好得很。

6.警惕小事

想大问题，哪怕是想死亡这种可怕的大问题，并不会损害健康。相反，为小事纠结、烦恼、愤怒，却是最伤身的。

人面临大事往往会诉诸理性，因此比较冷静。相反，却很容易被小事刺激得怒火中烧，怨气郁结。

结论是：警惕小事，面对小事你要控制住自己的情绪。

7.间接的自怨

自怨是最痛苦的。有直接的自怨，因为自知做错了事，违背了自己的心愿或原则，便生自己的气，甚至看不起自己。也有间接的自怨，怨天尤人归根结底也是自怨，怨自己无能或运气不好。不错，你碰上了倒霉事，可是你就因此成为一个倒霉蛋了吗？如果你怨气冲天，那你的确是的。但你还可以有另一种态度，就是平静地面对。是否碰上倒霉事，这是你支配不了的，做不做倒霉蛋，这是你可以支配的。一个自爱自尊的人是不会怨天尤人的，没有人能够真正伤害他的自足的心。

直觉优先

1.厌恶比喜欢更加本能

厌恶比喜欢更加本能。在环境、时尚、潮流的影响下，人们容易没头没脑地喜欢一样东西，可是你若厌恶一样东西，那多半是你自己的真实秉性和内在经验在说话。所以，喜欢可以模仿和传染，厌恶却不能，一旦产生则又难以克制。当然，人们也会追随权势和舆论去声讨一样东西，但这往往出于利害的计算，和厌恶是两回事，其中真正起作用的情感，在一些人是野心，在另一些人是恐惧。

2.直觉优先

看见一个人，你是不是喜欢，遇见一件事，你是不是赞成，一开始你是会有一个直觉的，你要相信这个最初的直觉，它往往是正确的。

对于每个人来说，直觉是自己的，是自己的天性和全部经验在瞬间发出的声音，而观念多半是外来的，是接受社会成见和他人意见的结果。

但是，观念具有强大的力量，人们很容易在观念的支配下想问题，久而久之便成习惯，使得自己的直觉迟钝了，甚至丧失了。

所以，你要记住，看人处事理应直觉优先，尽量排除固有观念的干扰。

3.单纯未必会上当

你这个人太单纯了，会上当的！——是吗？我的看法正相反。心灵单纯的人，未受利益和成见的扭曲，直觉比较准确，对于人性的善恶有一种本能的觉知，某个人可交不可交，往往未经思索就做出了取舍。当然也会有判断错的时候，但是，与心灵复杂的人相比，出错肯定少得多。

4.洁癖

我是一个有精神洁癖的人，和人接触，立即就能嗅到对方散发的是清气还是浊气。遇见那种灵魂污浊的人，我会本能地远避，远到这个人对于我压根儿不存在。所谓远，不是物理意义上的，而是心理意义上的。

人性现象

1.率性和任性

要率性，不要任性。二者的区别在于，率性是由健康的天性引导，顺应本我，不在乎功利、习俗和舆论；任性是被错误的情绪支配，固执己见，听不进良知的呼声和善意的忠告。

在具体的场合，二者容易发生混淆。一般规律是，在他人眼中，前者常被当作后者；在自己眼中，后者常被当作前者。

鉴于健康的天性如此稀少因而可贵，他人在评判时应当留心并予以爱护。鉴于错误的情绪如此多发因而讨嫌，自己在评判时应当警惕并加以克服。

2.傻和蠢

单纯的人也许傻，复杂的人才会蠢。这是我多年前写的一句话，现在仍觉得有理。单纯的人吃亏，往往是因为轻信别人的善良，这是傻。复杂的人吃亏，往往是因为高估自己的精明，这是蠢。二者都出了错，但傻情有可原，蠢罪有应得。二者都有可笑之处，但傻不失可爱，蠢却有些可恨。

3.脸蛋

如果上帝给了你一张漂亮的脸蛋，你要留心，这是对你的灵魂的一个考验。如果你的灵魂平庸，这平庸会反映在脸蛋上，把漂亮现形为粗俗。

如果上帝给了你一张丑陋的脸蛋，你要宽心，这是给你的灵魂的一个机会。如果你的灵魂优秀，这优秀也会反映在脸蛋上，把丑陋修正成独特。

4.伟人和小人

精神意义上的伟人，心灵单纯而头脑深刻，可爱又可敬。相反，精神意义上的小人，心灵复杂而头脑浅薄，可厌又可怜。

5.嫉妒

嫉妒是人性，不因为嫉妒而失态乃至泄恨则是教养。我们无法压制人性，但可以做到有教养。

6.理智不能支配情感

理智不能支配情感可能有两种情况：理智太弱，或情感太强。如果理智和情感都强呢？好吧，就让它不能支配吧，一种情感强大到了强大的理智也不能支配，必定是不同寻常的，也许会结出可惊的果实。如果理智和情感都弱呢？也随它去吧，反正能不能支配都没有什么价值。

7.投射和移情

人是会爱自己的受惠者，恨自己的受害者的。原因可能有二。其一是投射作用：施惠于人，心中积聚的是正能量，心中的光明也投射到了受惠者身上；加害于人，心中积聚的是负能量，心中的阴暗也投射到了受害者身上。其二是移情作用：施惠于人，自己也置身于受惠者的感恩心情中，因此心生喜爱；加害于人，自己也置身于受害者的怨愤心情中，因此心生仇恨。

8.同情是难的

幸福者陶醉在自己的幸福里，不幸者麻痹在自己的不幸里，都难以感应别人的不幸。所以，同情是难的。

9.不可低估的力量

世上有弱者的抗争，也有强者的妥协，二者的力量皆不可低估。

10.歌德

歌德是一个神，却有了人的形态。宙斯也如此。歌德是下凡到人间的宙斯。

当好自然之子

1.客串“隐士”

人是自然之子。但是，城市里的人很难想起自己这个根本的来历。这毫不奇怪，既然所处的环境和所做的事情都离自然甚远，唯有置身在大自然之中，自然之子的心情才会油然而生。那么，到自然中去吧，面对山林和大海，你会越来越感到留在城市里的那一点名利多么渺小。当然，前提是你把心也带去。最好一个人去，带家眷亦可，但不要呼朋唤友，也不要开手机。对于现代人来说，经常客串一下“隐士”是聊胜于无的精神净化的方式。

2.遵循自然的节奏

春华秋实，万物都遵循自然的节奏，我们的祖先也是如此。但是，现代人却相反，总是急急忙忙怕耽误了什么，总是遗憾有许多事情来不及做。

其实，即使你从事的是精神的创造，尤其你从事的是精神的创造，何妨也悠然而行，让精神的果实依照自然的节奏成熟。事实上，一切伟大作品的诞生，都一定有这样一个孕育的过程。做一个心满意足的好孕妇，是精神创造者的最佳状态。

3.当好自然之子是前提

动物服从于自然，它对物质条件的需求，它与别的生命的竞争，都在自然需要的限度之内。人却不同，只有在人类之中，才有超出自然需要的贪婪和残酷。

如果说这是因为上天给了人超出动物的特殊能力，这个特殊能力岂不用错了地方？上天把人造就为万物之灵，岂不反而成了对人的惩罚？

事情本不应如此。上天给人的特殊能力，人本应主要用在精神领域，而在物质领域则满足于自然需要。倘若这样，人世间不知会减去多少纷争和罪恶。

由此可见，人的两个身份是密切相关的：当好自然之子是当好万物之灵的前提，生命越单纯，精神就可能越优秀。

4.理性的坏作用

人因为有理性而高于动物，但理性也有坏作用。动物知道自己需要什么，知道自己需要的程度和数量，人却未必，人会在自己生命需要的问题上变得复杂而无知，被想象出来的虚假需要所支配。这是其一。

还有其二。动物的凶猛仅限于本能，只是为了生存，人残暴起来可不得了，会做出对于生存毫无必要的坏事，以暴行本身为乐。自然界里找不出一种动物，会像人这样虐待和屠杀自己的同类。常有人说，人堕落了会沦为禽兽，我说这是对动物的诬蔑，事实是人堕落起来比禽兽坏无数倍。

人因为有理性而有语言、有想象力、有人际关系。人的这个特性对于生命和灵魂两者都可能成为干扰，使生命复杂，使灵魂沉沦。所以，应该约束理性的作用，让它少干扰生命和灵魂。作为生命，人要好好做动物，遵循自然之道。作为灵魂，人要好好做人，听从神的旨意。

5.扰乱本性的两个东西

我们的本性最经常地被两个东西扰乱和扭曲，一是利益的争夺，二是流行的观念。庄子对此早有警示，称前者为“丧己于物”，称后者为“失性于俗”。

逆境也是生活

1.基本的智慧

人在世上生活，难免会遭遇挫折、失败、灾祸、苦难。这时候，基本的智慧是确立这样一种态度，就是把一切非自己所能改变的遭遇，不论多么悲惨，都当作命运接受下来，在此前提下走出一条最积极的路来。不要去想从前的好日子，那已经不属于你，你现在的使命是在新的规定下把日子过好。这就好比命运之手搅了你的棋局，而你仍必须把残局走下去，那就好好走吧，把它走出新的条理来。为什么我说是基本的智慧呢？因为你别无选择，陷在负面遭遇中不能自拔是最愚蠢的，而人在这种时候往往容易愚蠢。

2.接过来，然后放下

人活世上，难免遭遇痛苦，大至亲人亡故，爱侣别离，小至钱财损失，朋友反目。这类事一旦发生，不可更改，就应该用通达的态度来面对，简单地说，就是：把它接过来，然后放下。第一，要接过来，在心理上承认和接受事实。坏事已经发生，你拼命抗拒，只是和自己过不去，事情本身不会有丝毫改变。第二，接过来之后，要尽快放下，不把它存在心上。你总存在心上，为它纠结和痛苦，仍然是和自己过不去，实际上是在加大坏事对你的损害。让坏事只存在于你的身外，不让它侵害到你的内心，这是最好的办法。当然，我们只能尽量这么做，做到什么程度是什么程度。

3.人生没有假如

我们都会说命运无常，可是，一旦厄运降临，往往会陷在假如厄运没有降临的思路里，把命运的突变感受为生活的毁灭，丧失掉继续前行的勇气。厄运好比上帝给凡人出的一道试题，测试其灵魂的品质。人生没有假如，已经发生的厄运，只有面对它、接受它，从而在命运的新的规定下走出一条新的路来。

4.逆境也是生活

人生有顺境，也有逆境。我们往往只把顺境看作生活，认为逆境不是生活，而是不得不忍受的例外，盼望它快快过去，生活可以重新开始。怀着这样的心态，人在逆境中就必定焦虑不安，度日如年，苦难望不到头。应该调整心态，在逆境中要这样想：这就是我现在的生活，甚至是我永远的生活，我怎么把它过得有意义？事实上，如果你的心态平静而又积极，逆境的确也是一种生活。

5.对灵魂的检验

苦难检验人的灵魂的坚强和软弱，软弱的灵魂在寻常的苦难中一蹶不振。成功检验人的灵魂的高贵和卑劣，卑劣的灵魂在表面的成功中暴露无遗。

个性的风景

1.重视你的亲历亲见

我相信，每个人如果肯认真地对待自己的亲历亲见，由此来形成自己对事物的看法，那么人人都能说出一些让别人感兴趣的、有价值的话。可惜的是，人们往往非常马虎地对待自己的亲历亲见，不愿花时间来回味和思索，留在记忆中的只是一些零乱的印象。于是，一旦开口说话，说出的多半是社会上的定见，自己的亲历亲见几乎不起作用，人云亦云遂成普遍现象。

2.请写一本自传

你的人生很有成就，你的经历很不平凡？好吧，请写一本自传给我看，我可断定，如果你内心贫乏，你的自传一定十分无趣。相反，如果你内心丰富，即使你无甚成就，经历平凡，你的自传也会十分有趣。这足以证明，和外部遭遇相比，内心经历是人生更实在也更精彩的内容。

3.人性的丰满与贫乏

和一个人接触，我首先感觉到的是，他是有趣的，或他是乏味的。这和他在社会上是否成功完全无关。我由此断定，人性的丰满与贫乏和世俗的成就与平凡的确是两回事。

4.职业·事业·人生

无论从事什么职业，包括从政、经商、治学等，如果其中贯穿了你的精神追求，职业同时也就是你的事业。如果其中贯穿了你的生命感悟，职业生涯同时也就是你的人生历程。在许多人那里，这三者是脱节的，甚至只有职业，没有事业，只有职业生涯，没有人生历程。

5.个性的风景

个性发展是人类幸福的要素之一。每个人都展现出自己独特的美，开放出自己的奇花异卉，每个人也都欣赏其他一切人的美，人人都是美的创造者和欣赏者，这样的世界才是赏心悦目的人类家园。相反的情形是，人们追随舆论和时尚，互相模仿，面目雷同，世界成为插满假花的墓地。

6.你对你的独特性负有责任

世上有非凡之人，也有平庸之辈，这个区别的形成即使有天赋的因素，仍不可推卸后天的责任。一个人不论天赋高低，只要能够意识到自我的独特性并勇于承担起对它的责任，就都可以活得不平庸。然而，这个责任是极其沉重的，所以人们避之唯恐不及，宁可随大流、混日子，于是成为平庸之辈。

7.摆脱习俗和舆论的限制

那些妨碍我们成为自己的东西，比如习俗和舆论，我们之所以看重它们，是因为看不开。第一个看不开，是患得患失，受制于尘世的利益。可是，人终有一死，何必这么在乎。第二个看不开，是眼光狭隘，受制于身处的环境。你跳出来看，就会知道，地理的分界，民族的交战，宗教的倡导，这一切都别有原因，你降生于这个地方、这个民族、属于这个宗教传统纯属偶然，为何要让这些对你来说偶然的东西——它们其实就是习俗和舆论——来决定你的人生呢？摆脱了这些限制，你就会获得精神上的莫大自由。

8.尊重个性价值

保护个人自由不能仅限于法律对个人利益的保护，也应包括社会对个性价值的尊重和对各种不同思想、言论、生活方式的宽容。

9.两样最好的东西

老天给了每个人两样最好的东西，这两样东西对于每个人来说都是独一无二的，一是你的生命，二是你的天赋。人生的意义，就是好好使用和享受这两样东西。

10.禀赋与人生的定向

出自真心的喜爱，自发的不可遏制的兴趣，是一个人的禀赋的可靠征兆，这一点不但在教育学上是成立的，在人生道路的定向上也具有指导作用。

11.请走开

如果有人在我面前毕恭毕敬，一副虚心求教的样子，我会无话可说，甚至会觉得非常无聊。请谈谈你自己为之激动的一个思想，请提出一个有意思的问题和我讨论，请对我的一个论点发表不同的见解吧，如果这些都做不到，那么，请走开吧。

正常的生活

1.不同的活在当下（之一）

命运变幻，我们甚至不能预测明天发生什么，于是只好说活在当下。然而，有不同的活在当下。其一，得过且过，做一天和尚撞一天钟，消极地顺从命运。其二，及时行乐，今朝有酒今朝醉。其三，分秒必争，恨不得一天完成一生的计划。后二者虽境界似有高低，但都是力求当下效益的最大化，紧张地抗拒命运。

真正的活在当下，是每个当下都走在选定的人生正道上，无论明天发生什么，这一点不会改变，因此心里很踏实。既然最宝贵的东西是命运夺不走的，也就以此超越了命运的变幻。

2.不同的活在当下（之二）

分秒必争，时间就是金钱；醉生梦死，今朝有酒今朝醉；随波逐流，纠缠于眼前的凡人琐事，热衷于网上的八卦星闻……这些似乎都是活在“当下”。然而，这个“当下”只是时间的碎片，活在这个“当下”的也只是“自我”的假象。

真正的活在当下，恰恰是要摆脱功利、欲望、纷争、信息的干扰，回归生命的单纯，获得内在的宁静。这样，每一个当下都是生命本真状态的显现，因而即是永恒，而“自我”也因为与存在的整体连通而有了实质。

3.从整体上衡量生命的健康

生命是否健康，要看整体的状态。一个盲人，他虽然看不见缤纷的色彩，但能用其余更敏锐的感官欣赏鸟儿的啁啾、花儿的芳香、微风的吹拂。他有和睦的家庭、踏实的工作、宁静的心境，他的生命在整体上就是健康的。相反，一个感官健全的人，倘若他总是在名利场折腾，在娱乐场鬼混，不再有时间和心情享受自然赐予的快乐，他的生命在整体上就是病态的。

4.正常的生活

一个人活在世界上，一定要有相爱的伴侣、和睦的家庭、知心的朋友，一定要和自己的家人一起吃晚饭，餐桌上一定要有欢声笑语，这比有钱、有车、有房重要得多。钱再多，车再名贵，房再豪华，没有这些，就只是一个悲惨的孤魂野鬼。相反，穷一点儿，但有这些，就是在过一个活人的正常生活。

5.高质量的平静

一个人的生活状态也许平静，也许动荡，这不是问题之所在。真正要问的是，这平静或动荡，究竟是高质量的，还是低质量的？毫无疑问，高质量的动荡胜于低质量的平静，高质量的平静胜于低质量的动荡。那么，高质量的动荡和高质量的平静哪个更好呢？我倾向于认为，高质量的平静是人生的最高境界。

6.从容是基本的好

据我所见，真正活得精彩的人一定不是急于求成之辈，其共同特点是对自己的兴趣和能力有足够的认知，知道自己的路在哪里，因而能够从容地走在这条路上，也从容地享受途中的收获。所以，从容是基本的好，有了它未必精彩，没有它肯定不精彩。

7.从躁乱到从容

人年轻时不容易从容，因为什么都想要，却又不知道真正想要的是什么，于是内心焦躁，行动忙乱。从躁乱到从容有一个过程，在其中起作用的诚然有阅历的增长，但仅此还不够。有的人阅历倒是增长了，经历了一些挫折，明白不可能什么都要，却仍然不知道自己该要和能要的是什么，结果不是变得从容，而是变得沮丧和消极。

8.满足和依恋

如果在一生中尽我之能品尝了人生的美好，也承受了人生的苦难，就可以算是不枉来这世界走一遭了。然而，正因为如此，只走一遭未免太少了。一个好的人生留给人的既是最大的满足，又是最大的依恋。

不和时间赛跑

1.不和时间赛跑（之一）

一眨眼又一年过去了，真是太快了。年复一年，岁月飞逝，人不由得会产生分秒必争的紧迫心情。然而，我的原则是不和时间赛跑。时间分秒不停地在走，人怎么跑得赢时间呢？跑赢了岂不要累死，累死了也不知何所图。管它时间走得多么快，我就慢慢地走，按照自己觉得舒服的节奏走，享受每一个当下，欣赏沿途的风景。我不理睬时间，就当它不存在，静心做事情，安心过日子。我不向时间争分夺秒，不让我的人生成为争分夺秒的战场，这反而使得我的每一个当下都完好无损。

2.不和时间赛跑（之二）

每到年关，我就惊讶时间怎么过得这样快。但是，也就惊讶罢了，我不给自己订时间表，不和时间赛跑。和时间赛跑，第一跑不赢，第二跑赢了也无意义。我想得很开，在上帝眼中，亦即在永恒的时空中，我做事情做多做少都一样。

3.年龄·心态·觉悟

忽然想到了我的年龄。即使在老龄标准大大推迟的今天，我也不能赖在中老年交界的碑石前暂不挪步了。心态多么年轻，也阻挡不了时间加速度的步伐，曾经觉得非常遥远的半百、花甲，一眨眼已经都落在了身后。岁月无情，人生易老，对此真是无话可说。

然而，好的心态仍是重要的。这个好的心态，不是傻乐，不是装嫩，而是历经沧桑之后的豁然开朗。我体会到，人过中年以后，应该逐步建立两方面的觉悟，一方面是与人生必有的缺陷达成和解，另一方面是对人生根本的价值懂得珍惜。有了这两方面的觉悟，就会有好的心态。

4.观赏自己的年龄风景

人生不同的年龄阶段，会有不同的风景。年幼的时候，我们沉浸在风景里，和风景是一体，自己还不会观赏，观赏者是父母和他人。长大以后，我们或多或少会观赏自己的年龄风景了，看自己青春的浪漫和寂寞，看自己壮年的成熟和努力。然后，老年来临了，好吧，让我们站在躯壳之外，笑看自己满头华发，满脸皱纹，脚步蹒跚，心情平和，恬然观赏自己人生的最后一道风景。

5.状态比目标重要

我突然想明白了一个道理：人生真正重要的不是目标，而是状态，只要状态是好的，就不必在目标问题上追根究底了，或者就可以说目标是对的。目标的价值不在理论上，而在实践上，就是为了让你的人生有一个好的状态。

6.观念的支配作用

观念对于心态和行为有支配的作用。比如走路，你步行去某地，为了办一件具体的事务，只想着快快走完这段路，你就会觉得走路是纯粹的支出，是一件苦事。相反，如果你把步行本身当作健体的运动，同样是快步行走，你却会觉得走路是完全的收入，是一件乐事。推而广之，我们无论做什么事，如果只是因为喜欢这件事本身，做事的过程就会是享受的；如果是把这件事当作达到某个功利目的的手段，做事的过程就会是痛苦的。

通过做事而做人

1.做事的两种境界

做事有两种境界。一是功利境界，事情及相关利益是唯一目的。另一是道德境界，注重精神上的收获，做事只是灵魂修炼和完善的手段。从长远看，做事的结果终将随风飘散，做人的收获却能历久弥新。如果有上帝，他看到的只是你如何做人，不会问你做成了什么事，在他眼中，你在人世间做成的任何事都太渺小了。

2.通过做事而做人

做任何一件事情，都应该关注其精神意义。所谓精神意义包括：一、通过做事是否增加了你的心灵财富；二、通过做事是否提升了你的灵魂高度。如此通过做事而做人，使自己成为一个心灵丰富、灵魂高贵的大写的人。

3.人的两个敌人

人有两个敌人。一个在外边，包括天灾人祸、不良制度、错误舆论以及来自他人的不义等等。一个在里边，是自己心中的贪欲、怨恨、狭隘等等。如果你被里边的敌人打败了，你就彻底失败了，你在外边的敌人面前也完全丧失了战斗力。相反，如果你能战胜里边的敌人，大多数外边的敌人就都不能真正把你打败。当然，如果力量对比悬殊，你仍可能被打败，但你可以释然，因为你是人而不是神，你已经最大限度地尽了人的本分。

4.做事服从做人

人生有两种选择，一是做人的选择，二是做事的选择，两者发生冲突时，做事服从做人。当做事是做学问时，就更应该如此，因为做学问最要紧的是做人。人的最大自由就体现在做人上，哪怕普天下男盗女娼，你仍可以做良男贞女。

5.诚实地面对自己

做人最重要的是诚实地面对自己，在自己良心的法庭上公正地审视自己，既不护己之短，也不疑己之长，从而对自己有一个清楚的认识。这是一种巨大的精神力量，足以使你能够哪怕在全世界面前坦然承认自己的错误，也淡然面对哪怕来自全世界的误解和不实的责骂。

6.人品的试金石

有的人一有机会就不失时机地暴露其卑鄙的人格。比如哪怕只是做了一个办事员，手里有了一点小小的权力，他就立刻露出丑恶的嘴脸，即使你去办一个正常的手续，他也会百般刁难，以显示他的重要。

权力是人品的试金石，权力的使用最能检验出掌权者的人品。恶人几乎本能地运用权力折磨和伤害弱者，善人几乎本能地运用权力造福和帮助弱者，他们都从中获得了快乐，但这是多么不同的快乐，体现了多么不同的人品啊。

一切世俗的价值，包括权力、财富、名声等，都具有这样的效应，彰显了乃至仿佛放大了其拥有者的善和恶。

7.戒骄奢

骄奢是做人的大忌。骄，狂妄自大，是不知道人的渺小，忘记了自己不是神。奢，耽于物欲，是不知道人的伟大，忘记了自己有神性。二者的根源，都是心中没有神。心中有神，则可戒骄奢，第一知人的能力的有限，不骄傲；第二知物质欲望的卑下，不奢靡。

处世待人

1.不卑不亢

平等待人，既表现在对下不亢，尊重比你弱势的人，也表现在对上不卑，这是以人性的方式尊重比你强势的人，表明你是把他作为人而不是身份来对待。不卑和不亢是同一品性的两面，不可分割，心灵高贵者必不卑亦不亢。同样，媚上者必欺下，对上奴颜婢膝和对下颐指气使也是同一姿势的两种场景。

2.人生需要阿Q精神

遇见一个不义之人，他对你做了不义之事，你义愤填膺，此时你该怎么做？

世上有不义之人，你无法改变这个客观事实。你凭一己之力恐怕也无能把这个具体的不义之人改造成一个义人。你当然可以和他斗，但我们且假定，正义常常是迟到甚至缺席的，你暂时难以获胜。当然，如果你是一个有尊严的人，你又断然不肯也用不义的方式和他斗，因为这意味着你把自己降低到了和他相同的水准上。

那么，你怎么做才能平息心中的愤怒呢？我的办法是：写一篇日记，描绘此人的嘴脸，分析此人的行为。当你这样做的时候，你是站在他上面俯视他，把他当作了一个解剖人性、认识社会的标本，从而把一个负面的遭遇转化成了一笔正面的财富。

也许有人会说：这不是阿Q吗？对，人生有时是需要阿Q精神的。如果人类只相信强权胜利法和物质胜利法，不相信精神胜利法，人类就彻底堕落了。

3.随和不是圆滑

女儿内向，对许多事有不同看法，但不敢说，有时还说违心的话，为此很难过，觉得自己变圆滑了。我说：你的看法大家不理解，你就不必说出来，自己心中明白就可以了。你有时被动从众，只是不想让自己在人们眼中成为另类，这不是圆滑，而是随和。你性格如此，不要良心不安。为了谋利主动从众，那才是圆滑。

4.知分寸

与人相处要知分寸，不可滥用别人的好意。

5.宽容和超脱

对小恩怨、小得失、小是非不计较，这是宽容。对大恩怨、大得失、大是非不计较，这是超脱。宽容是温暖的，是处理人际关系时的一种善意和通透。超脱是冷峻的，已经超越人际关系的范畴，是用出世者的眼光来看世间事了。

6.心与心的距离

心与心之间的距离是最近的，也是最远的。在这个世界上，离我最近的是人，离我最远的也是人。因为前者的存在，我无比留恋这个世界。但是，后者的存在不会使我厌弃这个世界，因为他们进入不了我的世界，对于我来说等于不存在。

兴趣和素质

1.不做无趣之人

人活世上，一定要有好奇心，一是对世界有探究的兴趣，二是对人生有体验的兴趣。也一定要有自己特殊的兴趣之所在，有自己真正喜欢做的事情。这样他才会活得有意思，你和他相处也才会觉得有意思。一个对什么都没有兴趣的人，他的生活是无趣的，他作为一个人也是无趣的。

2.兴趣和距离

对于外界的人和事，第一要有兴趣，第二要有距离，二者的平衡，便是观察和思考。

3.能力的两个层次

人的能力有两个层次。第一个层次是智力的一般品质，即是否养成了智力活动的兴趣和习惯，是否爱动脑子和善动脑子。第二个层次是个体的特殊禀赋，由基因或者说先天的生理、心理特性所决定，因之而具备在某个特定领域发展的潜在优势。一般来说，前者好，后者才会显示出来。一个智力活跃的人有较多机会发现自己的特殊禀赋之所在，而在一个智力迟钝的人身上，其特殊禀赋很可能就永远被埋没了。

所以，应该把力气施在让自己的一般智力品质发育得好。倘若这样，第一，即使你现在从事的并非最适合你的禀赋的职业，你在职场上仍会是一个优秀者，因为任何职业都或多或少包含对智力的挑战，而你是喜欢并且乐于应对此种挑战的。第二，你会比较容易找到最适合你的禀赋的领域，使自己的最好能力得到最好的运用和发展，而这便是你的真正的事业。

4.工作为什么会不快乐

工作为什么会不快乐？有两种可能的情况。其一，职业与兴趣很不一致。这种情况的前提是，你确实有自己禀赋所决定的明确的兴趣指向。那么，不妨坚持在相关领域里努力，创造条件，寻找机会，把职业与兴趣统一起来。其二，智力的一般品质较差。这样的人无论做什么工作都是不快乐的，因为根本不存在能够使他快乐的工作。事实上，对于智力品质好的人来说，即使职业不适合他的禀赋，他仍能够在工作中发现智力方面的挑战和乐趣。

5.现实中的两种选择

人是智力动物，做自己喜欢的工作是人生幸福的重要方面。因此，职业与兴趣一致的确是莫大的幸运。

在现实中，人也许只有两种选择：最好是做自己真正喜欢的工作，其次是尽可能喜欢上自己在做的工作。

6.认真是一种素质

对于必须做的事，无论大事小事，不管是否喜欢，既然决定做和正在做，都应该认真，讲究质量，把它做好。这里面有一种对自己负责、对上帝负责的心情。

即使是洗碗这样的小事，如果洗得不干净，心里就会难受。没有这种对质量的认真，是大事小事都做不好的。

据我观察，做成大事的人，往往做小事也认真，而做小事不认真的人，多半也做不成大事。所谓天才不拘小节，是指不受习俗约束，而不是指做事马虎。由此我得出一个认识：认真是一种素质，一个人要有所作为，就必须具备这种素质。

当然，认真的人不一定能做成大事，做成大事还必须有别的品质。

7.毅力的训练

我强调做事要凭真兴趣，但是，人生中不可避免一种情形，就是由于客观的境遇，不得不去做自己没有兴趣的事情。在这种情形下，抵触、埋怨都无用，反而徒增了做事过程中的痛苦。所以，我要补充指出：精神饱满地去完成必须做而未必有兴趣的事情，这是人生中必要的训练，毅力也是素质优秀者必备的品质。

觉醒的力量

1.觉醒的力量

人在世上生活，必须做选择和决定，也会遭遇疑惑、困难、挫折，以上皆需要力量的支持。在一切力量中，最不可缺少一种内在的力量，就是觉醒。觉醒是人人可以开发和拥有的力量，也是人生最根本和最重要的力量。那些外在的力量，例如来自社会和朋友的帮助，若没有内在力量的配合，最多只能发生暂时的、表面的作用。那些外在的力量，例如你已经获得的权力、金钱、名声、地位，也许可以使你活得风光，但唯有内在的力量才能使你活得有意义。

2.人生的三个觉醒

人身上有三个最本质的东西。第一，你是一个生命，你因此才会在这个世界上生活，才会有你的种种人生经历。第二，你不但是一个生命，而且是一个独特的生命个体，并且能够明确地意识到这一点，也就是说，你是一个自我。第三，和宇宙万物不同，人是精神性的存在，你还是一个灵魂。这三者概括了你之为你的本质。因此，人生有三个基本的觉醒：生命的觉醒、自我的觉醒、灵魂的觉醒。

3.生命的觉醒

每个人来到这个世界上，首先是一个生命，也终归是一个生命。生命原本是单纯的，财富、权力、地位、名声等是后来添加到生命上去的社会堆积物。既然在社会上生活，有这些堆积物就不可避免，也无可非议，但我们要警惕，不可本末倒置。生命的觉醒，就是要透过这些社会堆积物去发现你的自然的生命，牢记你是一个生命，对你的生命保持一种敏感，经常去倾听它的声音，时时去满足它的需要。

4.自我的觉醒

你不但是一个生命，而且是一个独特的生命个体，一个自我。

首先，这个自我是独一无二的，世上只有一个你。其次，这个自我是不可重复的，你只有一个人生。因此，对你的人生负责，实现你之为你的价值，是你的根本责任。自我的觉醒，就是要负起这个根本责任，做你自己人生的主人，真正成为你自己。

5.成为你自己

成为你自己，这可不是容易的事。人们往往受环境、舆论、习俗、职业、身份支配，作为他人眼中的一个角色活着，很少作为自己活着。为什么会这样？一是因为懒惰，随大流是最省力的，独特却必须付出艰苦的努力。二是因为怯懦，随大流是最安全的，独特却会遭受舆论的压力、庸人的妒恨和失败的风险。可是，如果你想到，世上只有一个你，你死了，没有任何人能代替你活；你只有一个人生，如果虚度了，没有任何人能够真正安慰你——那么，你还有必要在乎他人的眼光吗？

6.真自我的标志

一个人怎样才算成为自己，做了自己人生的主人呢？我认为有两个可靠的标志。一是在人生的态度上自己做主，有明确坚定的价值观，有自己处世做人的原则，在俗世中不随波逐流。二是在事业的选择上自己做主，有自己真正喜欢做的事，能够全身心地投入其中，感到内在的愉快和充实。人生中有真信念，事业上有真兴趣，这二者证明了你有一个真自我。

7.灵魂的觉醒

世间一切生命中，唯有人有自我意识，能够知道自己作为生命个体的独特性和一次性，知道自己是一个“我”。但是，无论你多么看重这个“我”，它终有一死。“我”在人世间的存在是有限而短暂的。这就产生了一个问题：人生究竟有没有更高的具有恒久价值的意义，此种意义不会因为这个“我”的死亡而丢失？其实答案已经隐藏在问题之中了，我们即使从逻辑上也可推断：要找到这种意义，唯有超越小我，把它和某种意义上的大我相沟通。那么，透过肉身自我去发现你身上的更高的自我，那个和大我相沟通的精神性自我，认清它才是你的本质，这便是灵魂的觉醒。

8.信仰和智慧

在我看来，信仰和智慧是在用不同的方式说同一件事，二者殊途而同归，就是要摆脱肉身的限制，超越小我，让我们身上的那个精神性自我觉醒。

人人身上都有这样一个更高的自我，它和宇宙大我的关系也许不可证明，但让它觉醒对于现实人生却是意义重大。第一，人生的重心会向内转化，从外部世界转向内心世界，重视精神生活。你仍然可以在社会上做大事，但境界不同了，你会把做事当作灵魂修炼的手段，通过做事而做人，每一步都走在通往你的精神目标的道路上。第二，你会和你的身外遭遇保持距离，具有超脱的心态，在精神上尽量不受无常的人间祸福得失的支配。

在相反的情况下，精神性自我不觉醒，人第一会沉湎在肉身生活中，境界低俗；第二会受这个肉身遭遇的支配，苦海无边。人生在世，必须有一个超越的立足点，这个立足点正是信仰和智慧给你的。

智慧引领幸福

1.超越欲望才有幸福

叔本华说，人受欲望支配，欲望不满足就痛苦，满足了就无聊，人生如同钟摆在痛苦和无聊之间摇摆。他的结论是：根本就不存在幸福这回事。

如果只在欲望层面上找幸福，叔本华的话是对的。欲望意味着匮乏，而匮乏就是痛苦，欲望的满足则意味着欲望的空白，而这就是无聊。比如肉体的欲望——食欲、性欲，不满足是痛苦，满足时顶多有短暂的快乐，然后便是无聊。又比如对金钱的欲望，钱少了是痛苦，钱多了，如果没有更高的目标，就会无聊，然后要去赚更多的钱，但钱再多也填补不了内心的空虚，即使你富裕得成了一个金钟摆，仍逃脱不了在痛苦和无聊之间摇摆的命运。

然而，超越欲望的层面，叔本华的说法就不成立了。精神性质的愿望，其产生不是基于匮乏，而是基于内在的丰富，其满足又会激起更强烈的愿望，因此绝不存在痛苦和无聊的悖论，相反是快乐递进的良性过程。比如说，你渴望知识，喜欢读书，你会因此痛苦吗？当然不会，这类愿望本身就是令人快乐的。然后，你去满足你的愿望，你读了一本好书，读了许多好书，你会因此无聊吗？当然也不会，你只会感到充实。

2.两种不同的比较

只把物质的快乐视为幸福，只在物质的层面上和人比快乐，这样的人必定永远劳心劳力，无幸福可言。

为什么不做另一种比较呢？凡是真正品尝过精神的快乐的人，把它和物质的快乐做比较，一定都知道，它带来的幸福感远非后者可比。这样的人是不屑于和人比物质的快乐的。

3.幸福包容人生的正负体验

幸福是相对的，现实中的幸福是包容人生各种正负经历的丰富的体验。人生中必然遭遇挫折和痛苦，把它们视为纯粹的坏事予以拒斥，乃是一种愚痴，只会使自己距幸福越来越远。

4.智慧引领幸福

苏格拉底提出过一个等式：智慧=美德=幸福。他的意思是，一个人倘若想明白了人生的道理，做人就一定会做得好，而这也就是幸福。反过来说，我们的确看到，许多人之所以生活得不幸福，正是因为没有想明白人生的道理，在做人上出了问题。在此意义上，智慧是引领我们寻求幸福的明灯。

5.幸福的“器官”是心灵

如果我们要给幸福寻找一个“器官”，那只能是心灵，而非肉体。肉体只有快感和痛感，是心灵在做幸福和不幸的判断。正因为如此，心灵的取向和状态对于幸福是重要的。

6.幸福来自有意义的关联

意义即关联，关联有两类。一类是我们的生活与有限的生命价值和精神价值的关联，比如父母对子女的爱，出于精神动机从事的事业，皆属此类。另一类是我们的生活与无限的生命价值和精神价值的关联，这实际上就是指对人生的超验意义的信仰。提供这种超验意义的那个至高境界无法证实，但唯有假设它存在，与它保持关联，才可使人生获得真正充实的幸福。

现代人发疯似的追求幸福，这种狂热是一种病态，其病因在于关联破裂，意义缺失，由此产生了人人痛心却无力战胜的内心空虚和外在冷漠。可是，人们往往找错了原因，反而愈加急切地追求物质，寻找表面的快乐，试图以之填满意义的真空，结果徒劳。

7.宗教与幸福的关系

追求幸福会面临两大威胁。一、沉湎于肉体的、物质的快乐，使人堕落，无缘于精神的幸福。二、人世间一切幸福会被死亡一笔勾销。宗教的主题是灵与肉、生与死的关系，就是要解除这两大威胁。

但是，宗教倘若推至极端，用灵否定肉，用死后的不朽否定生，就反而会损害人世间的幸福。

8.幸福这把尺子太小

那些伟大的灵魂，圣者如佛陀和耶稣，贤哲如苏格拉底和孔子，天才如尼采和凡·高，生前或者贫困终身，或者受尽磨难，如果用世俗的眼光来评估，他们都是很不幸福的。幸福这把尺子太小，衡量不了这些精神伟人的价值。

不过，倘若把幸福定义为人性的伟大，他们又是最幸福的。

9.快乐的二原则

追求快乐无可非议，但要遵循两个原则。一是道德原则，你在追求快乐的时候不可给他人造成痛苦，不可损害他人。二是理性原则，你在追求快乐的时候不要给自己埋伏下痛苦，不要损害自己。违背前一个原则，是卑劣；违背后一个原则，是愚蠢。其实卑劣者往往愚蠢，损人往往以损己告终。

10.积极的超然

真性情之人，不但有诗人的心灵，热爱人生，富于生活情趣，还必须有哲人的胸怀，彻悟人生，能够超然物外。倘若没有后者，人就会受外部事物和外在遭遇的支配，患得患失，生活情趣便荡然无存了。超然未必是消极的出世，反而可以是一种积极的人生态度，你和你的人生保持一个距离，结果是更能欣赏人生的妙趣。

11.福禄寿新解

中国人供奉福、禄、寿，我曾恨其庸俗不堪，现在忽然想到，三者恰好概括了人生哲学的三大主题，即幸福、道德、生死。如果用孔孟的思想来解释，它们还可以是很高的境界：福是“一箪食，一瓢饮，在陋巷”的颜回之“乐”；禄是“仁义忠信，乐善不倦”的“天爵”，而非“公卿大夫”的“人爵”；寿是精神健康意义上的“仁者”之“寿”。

12.幸福是多支点的

要敬业，不要唯职业。要创业，不要唯事业。生活的领域无比宽广，人生的内容丰富多彩，幸福是多支点的。

财富和幸福

1.有钱的主要好处

爱默生说：有钱的主要好处是用不着看人脸色了。这也是我的体会。钱是好东西，有钱的最大好处是可以使你在钱面前获得自由，包括在一切涉及钱的事情面前，而在这个俗世间，涉及钱的事情何其多也。所以，即使对于一个不贪钱的人来说，有钱也是大好事。

但是，钱不是最好的东西，不能为了这个次好的东西而牺牲最好的东西。一个人如果贪钱，有了钱仍受钱支配，在钱面前毫无自由，有钱的最大好处就荡然无存了。

2.对金钱的态度

钱是好东西，但不是最好的东西。所以，第一，不能为这个好东西把最好的东西丢掉了；第二，只要不丢掉最好的东西，这个好东西越多越好。最好的东西是什么？就是生命的单纯和灵魂的高贵。

3.人生的两个简单

人生应该力求两个简单：物质生活的简单和人际关系的简单。有了这两个简单，心灵就拥有了广阔的空间和美好的宁静。

现代人却在两个方面都复杂，物质生活上是财富的无穷追逐，人际关系上是利益的不尽纠葛，两者占满了生活的几乎全部空间，而人世间的大部分烦恼就是源自这两种复杂。

4.财富和幸福

幸福比财富难，你有很多财富也未必幸福。幸福又比财富易，你有很少财富也可能幸福。

换句话说，得到财富比得到幸福容易，那些不幸福的富人就是证明；得到幸福比得到财富容易，那些不富裕但幸福的人就是证明。

原因在于，幸福无非是生命和心灵的满足，而很少的物质就能使生命满足。再多的物质也不能使心灵满足。

所以，在寻求幸福的道路上，不妨把物质的目标定得低一点，从而给精神追求留出空间。

5.多余的财产

贫困是苦，小康是福，大富是福是祸则不好说。我对物质的要求十分简单，衣食无忧足矣，超出于此的财产基本上与我无关。据我观察，多余的财产成为负担和烦恼，远甚于成为享受。当然，关键是心态，你把它们视为可有可无，它们也就真的若有若无了，得不会成为负担，失不会造成烦恼。

6.节俭

节俭对于穷人是必须，对于富人是美德。我说的是节俭，不是吝啬。一个自己在物质生活上节俭的人，完全可能在援助他人时慷慨。

7.计算小钱的乐趣

香港某富豪一掷千金办公益，曾听说他的一则小故事：一次在跳蚤市场，看见一件几十港币的小摆设，很喜欢却觉得贵，犹豫再三，再返回时已卖掉，为此颇后悔。

富裕仍不失平常人的心态，很可爱。因此也不失平常人的乐趣。在零售市场计算小钱，讨价还价，正是经济生活中的喜剧因素。

8.贪官的愚昧

看到关于那些贪官的报道，攫取永远花不完的巨款，费尽心机藏匿和转移，在侥幸和恐惧中度日，如此等等，使我惊讶的不是他们的贪婪，而是他们的愚昧。

法治社会与公民幸福

1.社会对个人幸福的责任

社会对个人幸福的责任有两个方面。一是价值观的导向。倘若社会以财富为最高目标，就会形成一种总体氛围，在这种氛围的诱惑和压力下，多数成员在价值选择上必定迷离失措。二是体制的保障。一个社会唯有能够提供一种制度环境，有助于多数成员争取真正属于人的幸福，在生命和精神两方面处于好的状态，才是一个好的社会。当然，这样的社会一定是法治社会。

2.幸福的两个层次

幸福是人真正拥有和享受属于人的价值，过上了高于动物界的真正人的生活。这有两层含义。在低层次上，是生存获得了基本的物质保障，这本身不是幸福，然而是幸福的前提，不得不为生存挣扎的人仍然生活在动物的境遇中，绝无人的幸福可言。在高层次上，是对良好的生活品质和精神品质的追求。一个好的社会，第一要使其成员的生存条件有基本的保障，第二要使其成员的更高追求有适宜的环境。

3.安全感和幸福

在法治社会中，公民在争取自己的幸福时是有充分的安全感的。因为第一，他的正当权利是法律明确规定并且加以保护的，如果受到来自他人的侵犯，他知道政府一定会维护正义，为他撑腰。第二，政府的权力也是法律明确规定并且加以限制的，他知道自己的正当权利不会受到来自政府的侵犯，如果受到这种侵犯，政府必是输家。正是基于这样的安全感，他才能有信心地安排自己的事务，用自己的方式去寻求幸福。相反，倘若他不知道当他的正当权利受侵犯时政府是否会保护他，甚至不知道是否会受到政府对自己的侵犯，始终生活在忧惧之中，哪里还有信心去争取幸福。这正是人治社会的情形。在人治社会里，老百姓的幸福只能寄希望于遇到好政府、好政策、好官，完全是偶然的，一旦腐败盛行，结果必然是普遍的不幸福。

4.政府的根本责任

在公民幸福的问题上，政府的根本责任是遵守法治社会的规则，一方面保护公民自由使之不受他人的侵犯，另一方面约束自己的权力使之不侵犯公民的自由，如此来为公民争取幸福创造一个良好的环境。质言之，政府的责任不是直接向人们提供幸福，而是保护人们追求幸福的自由。

5.法治和人治的分界线

政府是为人民追求幸福创造良好的制度环境，还是声称要直接为人民创造幸福，这个区别极其重要，法治和人治的分界线就在这里。在法治社会，公民拥有追求幸福的权利，而政府对这个权利加以保护。在人治社会，政府掌握着提供幸福的权力，解释何为幸福的权力，正因为如此，也就掌握着剥夺幸福的权力。人民怎样算幸福，人民自己无权决定，政府说了算，这是典型的人治。

灵魂的品质

1.如果你感到空虚

有的人始终在物质的层面上追求，无论得到了多少物质，仍然感到空虚，于是更热切地追求，然而空虚依旧，这是怎么回事呢？我想，对于这种情况，也许不可简单地斥为欲壑难填了事。一个可能的情况是，他们不知道空虚的原因，在试图解决时用力用错了方向。其实，空虚是灵魂的感觉，而灵魂的空虚是再多的物质也填补不了的。人人都有一个灵魂，但并非人人都意识到灵魂的存在，而感到空虚恰恰是发现灵魂的一个契机。因此，我的劝告是，你不要逃避空虚，而要直面空虚，从而改变用力的方向，开启精神层面上的追求。否则，你通过追求物质来逃避空虚，既然这空虚是在你的灵魂里，你怎么逃避得了呢？

2.肚子、脑子和心灵

对于饥饿者，肚子最重要，脑子不得不为肚子服务。吃饱了，肚子最不重要，脑子就应该为心灵工作了。人生在世，首先必须解决生存问题，生存问题基本解决了，精神价值就应该成为主要目标。如果仍盯着肚子以及肚子的延伸，脑子只围着钱财转动，正表明缺少了人之为人的最重要的“器官”——心灵，因此枉为了人。

民族也是如此。其情形当然比个人复杂，因为面对的是全体人民的生存问题，而如何保证其得到公平的解决，一开始就必须贯穿民主、正义、人权等精神价值的指导。

3.人类各项基本价值的核心

生命和灵魂是人类各项基本价值的根据，人类的一切好东西都是建立在对它们的珍视上的，都是在以某种方式尊重和爱护它们。

比如说，幸福在于生命的单纯和灵魂的丰富；道德在于生命互相的同情和灵魂互相的尊重；信仰在于敬畏生命和提升灵魂；法治在于保护生命和灵魂的权利；教育在于生命和灵魂的健康生长；艺术在于生命和灵魂的自由表达。

4.强健和敏锐

人人都有一个生命和一个灵魂，它们是人身上最宝贵的东西。生命和灵魂强健，对生命和灵魂保持敏锐的感觉，是幸福感和创造力的源泉。

相反的情形：生命衰弱，生命感麻木，谓之萎靡；灵魂衰弱，灵魂感麻木，谓之委琐。

5.灵魂是人身上的神性

我们也许不能探知灵魂的神圣来源，但是，由自己心中的道德律和羞耻心，由内心对真善美的向往和对假恶丑的厌弃，我们都可体会到灵魂是人的尊严之所在，是人身上的神性。灵魂的真理是高贵，平庸和卑鄙，是对灵魂的真理的背离。平庸是灵魂没有醒来，卑鄙是灵魂已经死去，二者都辱没了人身上的神性。

6.对灵魂的检验

人生中有两种情境最能检验人的灵魂的品质，一是苦难，二是成功。苦难检验人的灵魂的坚强和软弱，坚强的灵魂在巨大的苦难中仍能昂然屹立，软弱的灵魂在寻常的苦难中也会一蹶不振。成功检验人的灵魂的高贵和卑微，高贵的灵魂在伟大的成功中仍能谦和淡定，卑微的灵魂在渺小的成功中也会得意忘形。

7.灵魂的强度

人人都有一个灵魂，但是，人与人之间灵魂的强度是有区别的。灵魂强大的征兆是什么？是灵魂中的困惑和为之寻求解答的勇气。一个灵魂来到人世间，处在灵与肉、生与死、爱与孤独、自我与世界、沉沦与超越的矛盾之中，怎么会没有困惑呢。有灵魂者必有问题。人类的一切精神活动，包括哲学、宗教、文学，说到底都是要在人的基本困境中寻求拯救之道。一个人能够真切地把人类共同的问题完完全全感受为他自己的问题，这确证了灵魂的强大。

8.远离市场和广场

我厌恶人群聚集的地方，远离市场和广场。在市场上，人是经济动物；在广场上，人是政治动物，二者都使灵魂受到漠视和压迫。

9.灵魂的亲疏

人与人之间真正的差别在于灵魂，而非职业。我看见有的商人有一颗艺术家的灵魂，有的人干着艺术的活却有一颗商人的灵魂。

我相信存在着灵魂的亲疏关系，一切私人交往的深浅程度由此决定。

10.和肉体拉开距离

人到老年，病痛会逐渐增多，这个年龄的一个任务就是学习忍受肉体痛苦，把它当作客观之物接受。这实际上是在有意识地和肉体拉开距离，从而变得精神化。我相信，人生最后一个阶段的主要使命是精神化，让灵魂上升到肉体之上，淡然于肉体的遭遇，为诀别肉体做好准备。

灵魂另有来历

1.投胎的偶然性

灵魂的投胎，有相当的偶然性。孔子、苏格拉底、耶稣，这三位圣哲都是投胎在平常人家。同样，平庸之辈投胎在伟人之家也很普遍，看前二位的子女即可知。这样随机的搭配，造就了真实的人间生活。人类精神血脉的延续另有谱系，与家族无关。

2.精神的距离

每个人都是一个灵魂，每个灵魂都是独立的。——这个观念使我即使对最亲近的人也能保持一种精神的距离，在此距离中，一切冲突都被容忍，一切差异都受到尊重。

3.灵魂另有来历

灵魂和身体是不可分的，它必须寄寓在一个身体里，而且常常不能支配这个身体的遭遇。灵魂和身体又是可分的，它能够对身体的遭遇做出一种反应，确定一种态度。由一个人的遭遇，我们无法判断他的灵魂，由他对遭遇的反应和态度，我们可以相当准确地做此判断。

所以，灵魂另有来历，在身体的经历中显示。

所以，灵魂对于身体能帮就帮，帮到什么程度是什么程度，但永远要站在身体之上，保持自己的自由。

4.尊重灵魂的神秘性

鉴于人的灵魂的神秘性，人与人之间的完全沟通是不可能的，因而不同程度的隔膜是必然存在的。既然如此，任何一种交往要能继续下去，就必须是能够包容隔膜的。尊重灵魂的神秘性，不要试图去探视他人心灵里的秘密，这是一切交往的原则，最亲密的交往也不例外。

5.无人不可缺少

飞机上，离地面一万公尺。我忽然想：宇宙浩渺无际，人类世代更替，我只是沧海一粟。进而想：如果没有我，宇宙和人类依然如故，无人不可缺少。是的，你思考，你写作，你多么珍视你的思考和写作，其实你的灵魂也只是人类精神传承的一个工具罢了。天不生仲尼，也一定会生伯尼，绝不会万古长如夜的。

关于信仰

1.信仰和仪式

信仰是对伟大精神价值的信奉和坚守，如果你心中有它，那就根本不需要远道去寻找；如果你心中没有它，那就去哪里都不可能找到。

有一次，甘地参加一百七十万人的朝圣，为此终夜不寐，反复想一个问题：这样的活动对于人们的灵魂究竟能有多大提高？他说他自己是把这个日子当作纪念日的，从来没有想到以朝圣为信仰之助。

我发现一切高僧大德在内心都是超越于仪式的。也许民众需要仪式，但甘地的问题是：真的需要吗？或者，在信仰的本来意义上真的有用吗？

经在路上，神在心中。——我认为这两句话准确地概括了信仰的实质。

2.组织化的慈善和信仰

我对一切组织化、集体化的慈善和信仰都心存戒备。救助弱者原是心地善良的人的一种自然倾向，当然，为了使救助更有效，善良的人们可以组织起来，以集体的名义举行慈善活动。但是，这个过程也应该是自然的，参与者的态度应该是谦虚的。我不相信那种充满道德优越感的积极分子真的心地善良，真正的善良一定是朴实的、温暖的，不会对他人造成压力。

信仰也是如此。真正有信仰的人对于自己的灵魂追求是认真的，对于他人的信仰选择则是宽容的。走进一个信仰团体，如果我看到的是统一的激情，使无此激情的人感到不自在，我就绝不会去第二次。

3.精英信仰与大众信仰

历来一切宗教皆有精英信仰与大众信仰之区别。前者必有理性的参与，力求用理性引导信仰，二者若发生冲突，理性会对信仰提出质疑，最后则可能对自身的局限性进行反思。后者则简单得多，始终满足于不思的状态。

佛教更是如此。佛教的核心是智慧，即对人生真理的思考和彻悟，一切修行方法和仪式都以此为终极目的，其作用是帮助你正确地思考，而非不要思考。今日社会精英信佛教者众多，但常是满足于修行和仪式之层面，缺失智慧的核心，在信仰问题上甘当大众。人们也许可以由此发问：在信仰问题上的这种不思，是否表明这些人在精神层面上的确是大众？

4.更高生活和现实人生

在宗教看来，人生只是通往某种更高生活的准备。这个信念可以产生坏的结果，就是否定现实的人生，扼杀生命的乐趣；这个信念也可以产生好的结果，就是注重精神的修炼，超脱世俗的得失。从道理上说，不管怎样定义更高生活，它都理应是指引而不是毁灭较低的生活。因此，在一切宗教中，正是持温和立场者，而非持极端立场者，使宗教发生着助益人生的积极作用。

5.有一种习惯叫信仰

我谈论上帝，常常是指一个至高的立足点，要站在这个立足点上看人生和世事。事实上，如果你站在宇宙大全，也就是神的高度看世间的万物和自己的人生，如此养成习惯，也就是有了信仰。对于有这个习惯的人来说，神好像是附了体一样，神的确是存在的。

6.一切信仰的共同点

信仰是可以有、事实上也的确是有不同的形式的，不只是基督教一种。然而，形式可以不同，但人必须有信仰，而一切信仰的共同点是把灵魂看得比肉体更重要，唯有如此，人在活着时才有方向，在临死时才会安详。

7.不同的反应

偶像倒塌之时，粉丝们一哄而散了。

信仰破碎之时，信徒们仍在废墟上守护真理。

8.三种可能性

捐建一个寺庙，供养一个上师，诸如此类的行为，有三种可能性：觉悟者的奉献、富人的信仰游戏、商人的交易。更大的可能：三者的混合。

9.女性与信仰

我注意到一个现象：许多成功——而且往往优秀——的女性，认一个上师做师父，虔诚供养，以为这样就是有了信仰。也许，女人在信仰方面也是非常感性的，对于她们来说，佛太抽象，师父才是具体的；佛理太抽象，供养才是具体的。

10.用高贵解构侮辱

“有人打了你的左脸，你应该把右脸也送上去。”我对耶稣这句话的解读只是一个角度，取其不在得失的层面上计较的含义，其实也是非暴力抗恶的一种方式。“把右脸也送上去”的姿态可以是谄媚的、可以是屈辱的，也可以是高贵的，后者是对左脸被打的彻底解构。

11.现世和后世

问：对您来说现世和后世哪个更重要？人在现世应当遵从自己的欲望吗？

答：有没有后世，我不知道，在此意义上，现世更重要。问题是现世中什么重要？我的标准：假定有后世，那在后世中仍能延续的，便是现世中最重要的。各种宗教都告诉我们，那就是灵魂。让我们在现世中关注灵魂，这是宗教的伟大教育功能。对于欲望，正确态度既非压制，亦非放纵，而是在灵魂引导下满足和升华。

哲学的使命

1.哲学无非是做两件事

康德说：世上最使人敬畏的两样东西是头上的星空和心中的道德律。哲学无非是做两件事：一是思考头上的星空，世界的本相；二是思考心中的道德律，做人的道理。

2.创造意义是天地生人的目的

自然对意义是冷漠的，但人不能忍受自己在一个无意义的宇宙中度过无意义的生命。不过，既然人是自然的产物，我们也就可以把人的追求看作自然本身的要求的一种间接表达。

通过自己的存在来对抗自然的盲目和无意义，来赋予本无意义的自然以一种形而上的意义，这是人的使命，也不妨视为天地生人的目的之所在。

3.在自己身上战胜时代

人们常说：哲学是时代精神的集中体现。这种说法完全歪曲了哲学与时代的关系。哲学追问生命整体的意义，所要寻求和坚持的是某些超越于个别时代的永恒的精神价值。因此，恰恰相反，哲学应该站得比时代精神高，立足于永恒，对时代精神进行审视和批判。

不过，当哲学家要履行这个职责时，会遭遇极大的困难。哲学家也是人，虽然心系永恒，却仍然不得不生活在某一个具体的时代，与这个时代有千丝万缕的联系。作为时代的一员，哲学家也会感染时代的疾患。但是，哲学家只是“时代的养子”（尼采语）。哲学家仿佛是直接由天地精神所生，只是偶然地寄养在这个时代罢了。时代是他的养母，他反对这个养母的坏品性，反对这个养母在他身上造成的坏品性，乃是为了捍卫源自天地精神的他的纯洁的天性，亦即捍卫天地精神本身。因此，“在自己身上战胜时代”（也是尼采语）便是哲学家履行其职责的必然方式。

4.好的哲学和艺术是超越时代的

好的哲学和艺术是超越时代的，它们不理睬时代的好坏。无论在好的时代还是坏的时代，都产生过好的哲学和艺术，也都产生过坏的哲学和艺术。凡是埋怨时代不好所以做不出好作品的人，都是坏的哲学家和艺术家，他们即使在好的时代也做不出好作品。

5.时代只是素材

哲学和艺术并非不关心时代与政治，但立足点是精神价值，在某种意义上，时代与政治只是他们从事精神性工作的素材之一。当然也可以直接表达对时代与政治的认识，但我认为这属于比较低的层面，如果只做这样的事，就有理由怀疑此人作为哲学家和艺术家的能力。

6.哲学与政治的不同

哲学着眼于永恒，要解决的是生命意义问题；政治着眼于一时一地，要解决的是国家利益以及社会各阶层之间利益关系的问题，二者的目标和任务截然不同。因此，一方面，不可试图用政治的方式来取消或解决本来属于哲学的问题。另一方面，哲学家也不可过于关注和参与政治事务。哲学家可以关心政治，但要用哲学的方式来关心，作为对人类最基本价值的坚守和思考，哲学对政治产生的影响虽然是间接的，但却是根本性的。具体的政治问题应该让政治家去操心。一个国家治理得越好，为政治操心的人就越少。相反，借用尼采的话说："任何一个国家，倘若还要除政治家之外的其他人来为政治操心，就必定治理得很糟，它活该毁在这么多政客手中。"

7.希腊人没有哲学界

在哲学民族古希腊人那里，哪里有什么哲学界，只有一个个独立的哲学巨人和他们的弟子。

8.哲学与孩子的心智

做父母的只要留心，都会发现孩子问过自己回答不了的问题。这类问题之所以回答不了，原因不是缺乏相关知识，而是因为超越了知识的范围，是所谓终极追问。这正是哲学问题的特点。请回想一下，在童年时代，当你仰望星空之时，何尝不是对宇宙之谜怀有一种神秘感？当你知道生必有死之时，何尝不是对生命意义产生了一种困惑？反过来说，面对浩渺宇宙不感到惊奇，面对短暂人生不感到疑惑，岂不是最大的麻木？所以，哲学问题绝不是某几个头脑古怪的哲学家挖空心思想出来的，而是人生本身就包含着的。如果你葆有孩子般纯真的心智，它们一定仍然是你的问题。

9.哲学没有标准答案

哲学是对世界和人生的根本问题的思考。在这个定义中，请注意两个关键词。其一，根本问题。哲学不只是方法论，如果你撇开根本问题，只是琢磨用什么聪明的方法去解决一些枝节问题，你就仍然与哲学无缘。其二，思考。哲学不是教条，如果你放弃独立思考，只是记诵一些现成的结论，你离哲学就比没有学这些教条的时候更远了。

哲学上的根本问题，比如世界的本质和人生的意义，原是没有最终答案的，更不存在所谓的标准答案。如果有一种哲学宣称能给你一个标准答案，那一定是伪哲学。哲学的原意是爱智慧，什么是爱智慧？未经思考的人生不值得一过——苏格拉底的这句名言是最好的注解，就是绝不肯糊里糊涂地活，一定要想明白人生的道理。可是，教条式的哲学教学做的正是相反的事情，恰恰是要给你一个不思考的人生。

10.哲学家和艺术家是相通的

在终极层面上，哲学家和艺术家是相通的，都要对世界和人生做出一种解释，当然方式不同。相对而言，艺术家比较感性，哲学家比较理性。但是，只是相对而言，那种认为哲学家仅仅依靠理性思维的看法十分无知，如果一个哲学家没有丰富深刻的感性体验，我可断定他在哲学上也不会有多大作为。当然，艺术家的感性也并不限于外部的感官印象，他必须有深刻的内在精神生活，这个精神生活是一种综合的存在，其中包括他自己未必自觉的理性思考。无论是哲学著作，还是艺术作品，其核心都是某种精神内涵，哲学家和艺术家在那里相遇。

11.哲学上的独创性

哲学上的独创性，其根源在于一个哲学家的独特的内在体验，在于这种体验的力度和深度。如果没有，脑袋再聪明，工作再勤奋，也不过是搜罗更多别人的意见，对之做一番整理和转述罢了。

12.哲学家必须诚实

真实地生活和体验，这是一个前提，在此前提下，哲学家还必须诚实地思考和写作。他的作品有两个特点：一是明白，从不作似是而非之论。所谓似是而非之论是那样一些意见，作者自己并不真正相信它们，只是用来哗众取宠，它们充斥在出版物之中。二是质朴，甚至排斥诗意的或修辞的辅助手段。这很好理解，一个人在对自己说话时当然不会用美文。

13.哲学写作的风格

一个珍爱自己思想的哲学家就应该这样写作：一方面，努力让那些精致的耳朵听懂每一句话；另一方面，绝不为了让那些粗糙的耳朵听懂——它们反正听不懂——而多说一句不必要的话。如此写出的作品，其风格必是简洁的，这是一种有着深刻内涵的简洁。

14.改革哲学教学

必须改革我们的哲学教学。哲学教材应该以问题为核心，辑录大哲学家们的相关著作，让年轻人知道人类最伟大的头脑在思考什么问题，有些什么不同的思路。通过这样的学习，唤醒你心中本来就存在的类似问题，使你对它们的思考保持在活跃和认真的状态。达到了这个效果，你就是真正进入了哲学。

哲学之用

1.哲学就是谈心

最早的哲学家，比如孔子、苏格拉底，都不设课堂，不留文字，其从事哲学的方式是和年轻人谈心。无论中西，谈心是最原初的哲学活动。

为什么要谈心？因为有困惑，而且是对世界和人生的大困惑。所以，谈的也是世界和人生的大问题。哲学就是要把世界和人生的大道理想明白，这叫作爱智慧。

我相信，好的哲学家在和人谈心之前，必定是经常和自己谈心的。他自己有大困惑，然后才有大开悟。哲学首先是和自己谈心，有了心得，不妨也向别人说一说。那些从不和自己谈心的哲学家，当然也不会和别人谈心，于是我们从他那里听到的就只是说教了。

2.养成和自己谈心的习惯

和自己谈心，这正是基本的哲学活动，而它是我们每个人都可以进行的。你也许会说：谈心还不容易？且慢，请回想一下，你有多少时间是在和自己谈心？我们平时忙于事务，和自己谈的，也就是脑中想的——多半也是事，怎么做某件事、怎么与人打交道之类。陷在事之中，这个状态是最不哲学的。不过，只要愿意，你又是可以抽出一些时间和自己谈心的，而养成了这个习惯，就是进入了一种哲学的生活状态。

3.哲学让你有好的心态

哲学的用处是让你有一个好的心态。我们平时过着具体的日子，做着具体的事情，有顺心的时候，也有不顺心的时候，有快乐，也有苦恼、困惑、纠结。哲学就是让你从这个局部中跳出来，看一看人生的全景，想一想人生的大道理。大道理之一，是人生中究竟什么是重要的，什么是不重要的。这就是价值观。有了正确的价值观，你就会有好的心态。你再回到局部里去的时候，对于重要的东西，你就能看得准、抓得住；对于不重要的东西，你就会看得开、放得下了。你仍然在过着具体的日子，做着具体的事情，但心态不一样了，境界也不一样了。

4.哲学不是方法论

所谓哲学就是方法论，这个流传甚广的观念严重地误解了哲学的性质。哲学是对世界和人生的根本问题的思考，离开根本问题，只是琢磨用什么聪明的方法去解决枝节问题，这与哲学何干。

当然，想明白大问题，对于解决小问题也会有作用。可能的作用有二。其一，拓宽了视野，用大道理管小道理，解决小问题时有了原则和方向。其二，拓宽了胸怀，对原来纠缠你的小问题看得开也放得下了，不解决也解决了。

5.智慧具有恒久的价值

读西方古代乃至近代哲学家的书，你会发现，他们的自然哲学往往已经过时，而关于人性、人生的论述则仍多精彩之见。由此可见，人类的知识在进步，基本的人性和人生的基本道理则是不变的，这方面的智慧和洞见具有恒久的价值。

6.和哲学无关的人

哲学是想根本问题。一个人如果不想根本问题，哲学和他就没有任何关系。这样的人即使去看哲学书，看到的也不是哲学，而是知识和教条。

7.哲学的拯救作用

现代人容易有心理问题和道德问题，究其根源，在很大程度上可以归结为哲学问题，皆源于不明白人生的根本道理。人生道理不明，遇事想不开，郁结于心，便成心理疾患。人生道理不明，见利起贪心，失足于行，便成道德污点。心理疾患害己，道德污点害人亦害己，可见明白人生道理之重要，哲学之具有拯救作用。心理治疗和道德劝诫都必须有哲学的内涵，如果没有，心理治疗只是治标，道德劝诫只是说教。

8.我为什么要想人生问题

对于我来说，人生大问题完全不是抽象的，它们都是我的生活中和灵魂中的问题。因此，我不是刻意去想这些问题，而是无法回避，必须开导自己，为自己解除困惑。我不认为我的思考有多么深刻，事实上，许多困惑仍在，我做到的只是比较真实罢了。既然是我自己的问题，我就不能骗自己，给自己一个虚假的解决。我不觉得这个过程给了我多大的精神压力，或让我付出了什么代价，问题已经在那里，你不去想，它们成为隐痛，更受折磨，不如坦然面对它们。

9.解除透视原理

日常的距离感遵循透视原理，近景大而远景小。这是生存所必需的幻觉，使我们能够认真对付切身的事务。但是，这也会使我们一叶障目，舍本求末。哲学就是让我们暂时解除透视原理，仿佛还原一幅宇宙和人生的全景图。在这幅全景图上，我们把远景拉近看而知其大，把近景推远看而知其小，对事物的大小有了比较客观的认识。回到日常生活中，我们仍会把近景看大，但心中已知其小，不会完全受其支配了。

10.小随感七则

从前的哲学是谈心，现在的哲学是说教。

哲学的两大目标：享受生命的快乐，克服死亡的恐惧。

哲学是让你暂时跳出由身份所决定的责任，作为人想一想你对自己人生的责任。

一个人真正进入了对大问题的哲学思考，就会觉得一切小问题都是不值得想的。

哲学教你用宇宙的眼光看事物，看到天大的事也只是小事。

有两种想明白：逻辑是小明白，智慧是大明白。

西方哲学史上的大哲学家个个独特而精彩，但我们的教科书是怎样粗暴而无知地对待这些伟大的脑袋的啊。

精神生活

1.更高的自我

哲学、宗教以及各种心灵修炼的学说，它们的基本目标是相同的，就是要使人摆脱肉身小我的限制，破除社会性的利益、意见、关系的遮蔽，从而让人人身上都应该有的那个更高的自我觉醒。这个更高的自我，哲学称之为理性，佛教称之为佛性，基督教称之为灵魂，其间虽有含义上的差异，但共同之处是都与宇宙本体相沟通，都是某种以大全为来源和归宿的大我。

2.信仰和觉悟

世间一切生命中，唯有人有自我意识，人人都把自己认作“我”。人何以有自我意识？解释有二，分别把我们引向信仰和觉悟。

一是基督教（神学）的解释。人之所以有自我意识，是因为有一个“魂”。这个“魂”应该有一个神圣的来源，就是上帝，亦即“灵”。但是，进入肉体之后，“魂”忘记了自己的来源，因此必须和“灵”重建联系，这就是信仰。通过信仰，“灵”把“魂”照亮，人才真正有了“灵魂”。

二是哲学（包括佛教）的解释。人之所以有自我意识，是因为有“智”，就是理性。理性使人能够把自己认作“我”，与作为“物”（包括他人）的周围世界相区别。但是，在理性引导下，人还可以达到一个更高的认识，超越物我区别，进入与宇宙本体合一的境界。这就是觉悟，亦即“慧”。通过觉悟，“智”上升到“慧”，人才真正有了“智慧”。

信仰和觉悟殊途而同归，目标都是从自我意识走向大全意识，从小我走向大我，让我们身上的精神性自我觉醒。

3.重视内在生活

许多先贤用亲身体验告诉我们，促进生命向内转化，把生活的重心逐渐转移到精神的层面上，乃是人生的重大使命。对于这个浮躁的时代来说，重视内在生活是一个必要的提醒。社会种种危象，究其根源之一，正是外在生活膨胀，内在生活萎缩。无论什么样的救世方策，缺了灵魂的觉醒这一条，都不可能成功。

4.学，思，感，悟

孔子说：“学而不思则罔，思而不学则殆。”只学不思会糊涂，只思不学会枯竭，学和思不可偏废。我还想加上两个东西：感和悟也不可缺少。感，是对生命悲欢的感受；悟，是对人生真理的体悟，二者是每个人在亲身经历中的精神收获。在一定的意义上可以说，感是学和思的依据，悟是学和思的目的。如果没有感和悟，学和思都失去了内心的基础，学就成了表面的知识，思就成了抽象的推理。学，思，感，悟，这四者组成了人的精神生活的基本方式。

5.答某青年

某青年诉说坚持精神追求的痛苦，以凡·高自比，我的回答是：

第一，不要走极端，精神追求并不意味着必须舍弃一切世俗价值。

第二，精神追求本身具有一切世俗价值所不可比拟的快乐，如果你体会不到，又何必要坚持精神追求呢？

也就是说，第一，不要学凡·高一根筋，那样太痛苦；第二，如果你本来不具备凡·高的禀赋，更何必学他。

6.解读子曰

子曰：“君子坦荡荡，小人长戚戚。”

我的解读：关注真理的心灵坦荡无忧，惦记利益的心灵不得安宁。

7.理想

生命的理想是爱。精神的理想是真、善、美。

8.理想主义

理想主义永远不会远去，它在每一个珍视精神价值的人的心中，这是它在任何时代存在的唯一方式。

9.做有梦的人

对于不同的人，世界呈现不同的面貌。一个有梦的人和一个没有梦的人，事实上生活在不同的世界里。急功近利的社会正在制造出许多平庸的人，你们不要被这个环境同化。坚持做有梦的人，梦能成真，即使不能，也可丰富你们的心灵。

10.人文修养

人文修养包括五个方面：智——科学修养；情——艺术修养；德——道德修养；慧——哲学修养；觉——宗教修养。

令人心碎的无奈

1.令人心碎的无奈

儿子五岁夭折，这是爱默生一生中最悲痛的事情。可是，就在这个灾难发生五天之后，他在日记里写道："我知道，悲痛会慢慢淡漠，人家又会逗我笑乐，我又将在小小的希望和小小的恐惧面前躬腰曲背，把墓园忘掉。"

作为一个有过相似经历的父亲，我深知爱默生写这些话时的无奈，这无奈比悲痛更加令人心碎。

亲骨肉——以及一切诚挚相爱的人们——生离死别，阴阳隔绝，一方面是无比悲痛，因为永无重聚的希望；另一方面这悲痛却似乎不可避免地会被琐碎的日常生活冲淡，而事实上只是被掩盖了而已，因为其实质没有发生一丝一毫的改变。

那么，苦难之子啊，不必为此自责。须知巨大的悲剧与日常生活中琐屑的悲欢不在同一个层面上，所以，前者不会阻挡后者，后者也不会亵渎前者。

2.往事栩栩如生，但人生如梦

一个至亲之人的死是多么不真实，你见证了遗体，你参加了追悼会，但你仍然不相信。往事栩栩如生，你和别人谈论时会进入情境，立刻又想到他已经不在了，那些往事没有了承载，成了飘在空中的梦。此时此刻，人生如梦不是抽象的感叹，而是你深切感受到的事实。

3.牵挂

一个亲密的友人走了，世界喧闹如故，仿佛什么也没有发生。但是，这喧闹于我遥远而隔膜，这个世界因为不复有他，和我之间的距离也一下子拉远了。爱情、亲情、友情，这些最具体的人间情感，原是一个人与世界之间最紧密的纽带，任何至亲之人的离去，都是一条纽带的断裂，同时也增加了一份对天国的牵挂，这牵挂是天国存在的证明。

4.生活本身的逻辑

至亲之人最不敢想象的是一朝永别，然而，这个日子必然会到来，令人徒唤奈何。

不过，请观察一下实际生活中的情形，当死神真的唤走了其中一人时，另一人会怎样？他（她）当然会悲痛欲绝，但不管多么悲痛，他一定会慢慢地接受这个无情的事实，然后继续生活下去。

我认为这种情形十分正常。一个人既然面对自己的死都是无助的，那么，就不必为面对另一人的死的无助而苛责自己了，即使那是至亲之人。这是生活本身的逻辑，大自然不把超出其规定的责任加在相爱者身上。

5.随时准备割断尘缘

死是尘缘的彻底了断。无论你多么爱你的亲人，死都不容置疑地割断了你和他们之间的一切联系。即使有不死的灵魂，你在天国或来世的生活和他们也是没有丝毫关系的了。这极其残酷，但你只能接受。因此，你要随时准备放下，你对你的亲人的爱只可限于你的有生之年，不可为你死后他们的遭遇担忧，你要始终清楚那不再与你相关。

6.忽然想

走在公园里，广播在介绍历史名亭园，说到了兰亭和王羲之父子。我忽然想，曾经有过多少活泼而伟大的生命，他们和他们的精彩生活都已经消失得无影无踪了。我和他们之间隔着漫长的岁月，这漫长的岁月也都已经成为过去。与这漫长的岁月相比，仅仅一瞬间，这个世界上也不再有我了……

无奈。无言。否则还能怎样?

7.希望

我无限留恋这个世界，留恋我的亲人。但是，我知道，分离的那个时刻迟早会来临。我希望走得干脆，对于自己来说，长痛不如短痛；对于亲人来说，长悲不如短悲。

关于死亡的思绪

1

深夜，想到一个没有意识存在的宇宙，人类意识在其中产生的偶然和存在的短暂，突然觉得一切都没有意义，我的灵魂堕入了无边的虚空之中……

2

死永远是一个不速之客，无论它什么时候来到，你都会觉得突然，都会觉得太早。

3

死亡是坏事，但又是必然之事，所以唯一的办法是与它和解。

4

德国谚语：只存在一次，等于一次也没有存在。

我的命题：存在过一次，就是永远存在了。

5

如果大前提是无常即无意义，结论当然是人生无意义，因为它已经包含在大前提之中了。

6

天国和虚无有一个共同点，就是确认尘世的短暂性和虚幻性。

7

人不管活多少年，在宇宙中都是万古一瞬，等同于零。那么，多活几年，或少活几年，算得了什么？宇宙的眼光使人坦然面对自己的寿数。

8

一天天向死亡靠近。怎么办？没有任何办法，只好相信灵魂不死。如果落空了呢？只好接受，因为不接受也得接受。信仰是赌博，这个赌博反正不会输掉你的本钱，就是顺从自然。

9

我决绝地想，凡是我不可知的事情，皆与我完全无关，包括宇宙中存在的无数星球，包括我身后子孙万代的情形。

10

因为珍惜爱，所以不愿意死；因为知道死，所以更珍惜爱。

11

我赞成尊严死，在医学回天无力之时，放弃徒劳的救治，把力量使在有效的关怀上。包括：一、精神关怀。改变讳言死亡的陋习，形成生者与将死者共同面对死亡、彼此坦诚交流的健康氛围。二、医疗关怀。停止与死亡搏斗，重点是除痛。

对女性说

1.生孩子是冒险，但值得

一位悲观的女子问我：这个世界如此不安全，把孩子生到这个世界上来，是否太冒险了，甚至太不负责任了？

我的回答是：生孩子的确是冒险，但值得。事实上，无论世态如何，一个生命在生长过程中总是充满不测的，包括各种可能的天灾人祸。但是，这不能成为剥夺孩子出生的权利的理由，我们自己也不应该因此放弃亲子之情的欢乐。如果以确保安全为前提，没有一个生命有权出生，我们自己也不例外。

我问她：你是否宁愿你的父母没有生你，你压根儿不曾在这个世界上生活过呢？她陷入了沉思。但愿她的答案是否定的，否则，她的确悲观到了极点，也许我就只好告诉她：你不该生孩子。不，我要告诉她：快生孩子吧，孩子会治好你的悲观。

2.对女孩说

女孩当然渴望有人爱，但是，你不要把力气使在讨男人欢心上，而要使在让自己可爱上。可爱应该是有内涵的，包括教养、气质、才华等，那样的可爱才有持久的魅力。你要做到即使没有人爱，仍能活得精彩和快乐，而越是这样，就越会有人爱你。你不要把你的青春看作是对一个男人的等待，而要看作是你自己的成长。只要你成长得好，天下有的是男人，到时候就不是他们挑选你，而是你挑选他们了。

3.我对剩女的劝告

据说现在有许多大龄未婚女子，她们被称作剩女。剩者，过剩、剩余之谓也。过剩意味着竞争激烈，剩余意味着面临被淘汰的危险，这个名称本身就给人以压力。于是，惶惶然急于把自己嫁出去，急不择人者有之，委屈下嫁者有之。可是，没有爱情的婚姻是一枚苦果，岂能含泪啃它一辈子？所以，我的劝告是：宁做剩女，不做怨妇。女大当嫁是古训，我要把它改成女大当自立、自尊、自信，倘若如此，何剩之有？

4.择偶第一要看人品

某女倾诉烦恼，她说，某男非常喜欢她，激情洋溢，她因此感到甜蜜，但他又极其自我中心，很不尊重她，她因此感到痛苦。她问我：是否应该接受这个男人做丈夫?

我的回答是：是否尊重你，乃至是否尊重一切人，反映了人品和教养，是长久起作用的因素，而激情只是短暂起作用的因素。所以，如果你想寻找的是一个可以长久共同生活的人，就要三思。

事实上，据我观察，不少女性婚后不幸福，原因就在被一时的激情俘虏，看不清人品的长久作用。

5.次好的选择

某女难觅精神知己，决心独身。我对她如是说：人在世上是需要有一个伴的，有人在生活上疼你，终归比没有好；至于精神上的丰富和幸福，只能靠你自己，无人能夺走你内心的宝藏。确实有一些女子做了这个选择，找一个疼自己的男人结婚，精神交流虽少，但能和睦相处。这不是最好的选择，但可以算得上次好。

6.向公交车上的美女致敬

乘公交车，人多，十分拥挤。我站着，旁边有一个姑娘也站着，澄澈的大眼睛，是一个美女。现在公交车上很难看到漂亮姑娘了，她们去哪里了？据说有相当一些是傍大款、傍富二代了，出入有香车。我心想，眼前这个姑娘至少现在还自守清贫，仅此就足以令人刮目相看。我向公交车上的美女致敬。

7.女人的非理性

女人的非理性可以表现为灵性和直觉好，也可以表现为任性和不讲理。和女人一起生活的男人，前者把他造就成诗人，后者把他造就成哲人。

8.小随感四则

我欣赏的女人，既有小女人的天真和娇媚，又有大女人的智慧和气度。

美女多风骚，因为男人们向她们发出的性信息多，刺激了她们回应和表达的能力。

有一种女人做大男人的事，作小女人的态，玩酷又装嫩。

有一种男人向女性大唱甜蜜的赞歌，却在具体的女人那里吃尽了苦头。

性的境界

1.性的三种境界

在性的满足上，人和动物是相近的。如果说有不同，体现在两点上。

其一，在动物那里，两性关系是很单纯的，只是生理需要及其满足，诚然也会有争夺配偶的斗争，但绝对不会有金钱、财产、地位、权力等因素夹杂其中。只有人才会在两性关系中掺杂进利益的计算和交易，结果败坏了那种原本单纯的肉体快乐。在这一点上，人不如动物幸福。

但是，其二，人可以把性升华为爱情，在精神上互相吸引和欣赏，获得精神上的快乐。在这一点上，人比动物幸福。不过，两性关系的单纯是前提，如果利益至上，这个更高的方面就无从谈起。

由此可见，对于人来说，好的性爱有两个要素，一个是纯粹身体的吸引和快乐，一个是纯粹心灵的共鸣和愉悦，而利益的介入对两者都是破坏。我们据此可以把性分为三个境界：最佳境界是身心合一，肉体的快乐和精神的快乐彼此交融，互相强化；次好境界是单纯作为动物享受肉体的快乐；最差境界是出于利益的苟合，把做动物的快乐和做人的快乐都丧失掉了。

2.性欲的精神性

人有两大欲望，食欲和性欲，科学与食欲相关，艺术与性欲相关。科学的原动力是食欲及其变形，它指向征服外物，目的是个体和种族的物质生存，与对象是一种狭义的功用关系。艺术的原动力是性欲及其变形，它指向自我享受，目的是个体和种族的生命繁衍，与对象是一种广义的情感关系。相比之下，性欲是更精神性的，可以从生命的创造升华到艺术的创造。用形而上学的语言说，性欲就相当于个体所秉承的宇宙生命的创造冲动，它同时是一种精神能力。

3.保护自然情感的单纯

凡是出于自然需要而形成的人际关系，本来都应该是单纯的，之所以变得复杂，往往是权力、金钱等因素掺入其中甚至起了支配作用的结果。比如爱情，即使是其最复杂的情形，只要当事人的感情是真实的，的确是立足于感情来处理互相的关系的，本质上就仍是单纯的。可是，现在官场上包养情妇、权色交易的现象，娱乐圈乃至大学里存在的性索贿的“潜规则”，当然一点儿不单纯了。自然情感的领域遭到了如此严重的污染，这是今天最触目惊心的事实，更可悲的是，人们对此仿佛已经习以为常、视为合理了。

4.失乐园

马克思说，男人和女人之间的关系是最自然的关系。其实，还有一种关系比男女关系更加自然，就是亲子关系。男女关系要保持纯粹不太容易，因为都是成年人，必定会有社会的因素掺杂进来。不必说婚姻，因为婚姻本身是一种社会关系，两人订立共同生活的契约，在一定程度上不能不考虑经济条件、家庭发展前景等社会的因素。单说性爱，不管是否准备结婚，哪怕是婚外情、一夜情，单纯因为性吸引而发生的有多少？乐园早已失去，今日的亚当和夏娃多半在生意场上相逢。

5.对不仁不智者说

经历过了许多女人，你就懂女人了吗？更成问题的是，你就懂爱情了吗？数量不说明什么，也许还说明了相反的什么。如果你一生中从未深入地爱过一回，你谈女人和爱情其实都是在谈你的欲望。唯有深入地爱过的人，不管他最后对女人和爱情是褒还是贬，他的意见必含有片面的真理。女人和爱情本来就是无法定义的，必定见仁见智，但仁者才能见仁，智者才能见智，如果你不仁不智，你是仁智都见不到的。

6.如果有两次人生

这个男人设想，如果有两次人生，他愿意一次做快乐的单身汉，经历无数女人和风流，过浪漫的生活；另一次做好丈夫和好父亲，守着一个好家，过安静的生活。人性中本来就有这两种倾向，它们都是真实的，但难以相容。

也许有人会问：虽然只有一次人生，你岂不也可以把它分成两个部分，前半生撒野，后半生收心吗？当然可以，托尔斯泰就是例子。然而，正因为如此，托尔斯泰不需要两次人生。

7.青春期的两大发现

我在青春期有两大发现，一是女性的美，二是好书的魅力，我眼中的世界和人生因此而变得美好。这两大发现意义重大，影响了终生，我对生命的热爱可以追溯到前者，我对精神事物的热爱可以追溯到后者。

8.最佳男女关系的公式

“肉体得以分享的精神友谊”——这是蒙田设想的最佳男女关系的公式：友谊+性。友谊是纯粹的精神，性是纯粹的本能，二者各行其是，和平共处，皆得满足。这个公式排除了爱情和婚姻，也就排除了情感和利益的纠葛。

真实的爱情

1.真爱是什么感觉

男女之间，真爱是什么感觉？有人说，必须是如痴如醉、要死要活，才可算数。这种激情状态当然很可贵也很美好，但一定是暂时的，不可能持久。真正长久和踏实的感情是这样一种感觉：仿佛两人从天地之始就在一起了，并且将永远这样在一起下去。这是一种当下即永恒的感觉，只要有这种感觉，就是真爱。

2.爱情怎样算成正果

爱情一定是以亲情为指向和归宿的，其终极目标是在人世间寻找那个最亲的亲人，两个人相依为命，共度此生。结婚以后，如果恋爱时的激情渐渐转化成了牢不可破的亲情，两个人之间始终是最亲的亲人这个感觉，爱情就成了正果。婚后长久相处，摩擦难免，只要这个感觉牢固，婚姻就是对头的。亲情不是爱情的消亡，而是爱情的升级版。

相反，如果不能转化，激情消退之后，亲情并未产生，双方怎么也不觉得对方是亲人，那就意味着这个婚姻是失败的，不如趁早散伙。

3.亲人，友人，路人，仇人

情人为何会分手？我的回答是：因为变不成亲人。当然，变不成亲人，也还可以变成友人，这往往发生在两个通晓人性而又珍惜情谊的人之间。比较可悲的是变成路人，从此不通音信，曾经的情谊烟消云散，不留痕迹。最坏的是变成仇人，确证了两人或其中一人档次太低，把本应美好的记忆彻底毁掉，反而成了痛苦和耻辱的记忆。

夫妻为何会离异？我的回答是：因为没有了亲人的感觉。如果亲人的感觉还在，即使其中一方移情别恋，也一定会万分踌躇，难下离异的决心。相反，如果双方已不是亲人的感觉，而是友人的感觉，离异就会是一个理性的决定。当然，如果双方已成路人甚至仇人，不离异就太荒谬了。

4.向已婚男人提问

问已婚男人一个问题：在这个世界上，谁是最使你心旌摇曳的女人？你说不是你老婆？这很正常，你不必惭愧。再问一个问题：在这个世界上，你心目中最亲的亲人是谁？你说是你老婆？很好，这就够了，说明你最爱的仍然是你老婆。

5.美好・幸运・伟大

在某个婚礼上，我作为证婚人讲了三句话。一、真爱都是美好的。一个男人和一个女人，仅仅因为相爱在一起，不管结婚不结婚，不管时间长短，都是人生中的美好经历。当然，时间短毕竟是遗憾，所以，二、因相爱而结婚不但是美好的，而且是幸运的。结婚意味着两人不但是恋人，而且是亲人了，要携起手来共同走人生之路了。但是，考验在后面，所以，三、婚后仍能终身相爱不但是美好的、幸运的，而且是伟大的，一个好婚姻经受住了漫长岁月的考验，的确是人生的伟大成就。

6.永远不要怨恨

两人因为相爱在一起，不管时间久暂，都是美好的。有朝一日分手了，请不要互相怨恨，而应该感谢对方给了你一段美好的时光。有人说，到头来发现，对方其实并不真爱自己，只是利用和欺骗了自己。我说，即使如此，你也不要怨恨，而应该蔑视。怨恨仍是强烈的感情，人生的一个重要原则是节省感情，蔑视就是不动感情，不把感情浪费在不值得的人身上。

7.人生的美酒

爱情和友情是人生的美酒，如果时间短暂，也有新酒的甘甜和芳香。可是，倘若能经受住漫长岁月的考验，味道就会越来越醇厚，最后变成了无比珍贵的陈年佳酿——亲情。恋人或朋友好到了极致，就真正是亲人，比血亲更亲。

8.爱是心的能力

爱是心的能力，一个人必须有健康的心，才能爱。心的健康，第一是善良，有同情心，冷漠的心没有爱生长的温度；第二是宽广，有包容心，狭窄的心没有爱生长的空间。爱者的首要功夫是修心。你不可只在你所爱的某个具体对象身上下表面的功夫，那样的爱格调太低，气象太小，源泉会枯竭。你要使自己既具备爱的能力，也具备被爱的价值，而如果你所爱的人也如此，你们之间就会有高品质的爱。

9.爱情的专一

在爱情中，专一不是预设的目标——预设了也没有用，而是主观相爱程度和客观情势共同作用的一个结果。

爱情的专一可以有两个含义，一是热恋时的排他性，二是长期共同生活中彼此相爱的主旋律。在这两个含义之外苛求爱情的专一，我认为是对人性的无知。

爱情史上不乏忠贞的典范，但是，后人发掘的材料往往证实，在这类佳话与事实之间多半有不小的出入。我对自己说：这就对了，他们不是神，都是人。

10.对人性的无知

他的两次婚恋之间有交叉，旧的婚姻未结束，新的恋爱就开始了，人们因此谴责他不道德。这些人在人性和情感的问题上是多么无知、多么专断啊。事实上，在婚恋中，因为新的恋情的发生，当事人陷入矛盾之中，然后做出抉择，这是常态，甚至几乎是规律。真实的爱情不是做数学题，有公式可循，由已知解未知，毋宁说在这里未知是真正的未知，并无确定的答案，当事人必须自己给出答案并承担其后果。按照这些人的逻辑，一个人似乎必须头脑清醒，意志坚强，果断地结束前一个婚恋，然后去寻找下一个恋情。在我看来，这样一个人不啻是铁石心肠，岂不更可怕？

珍惜和放下

1.珍惜和放下

人在世间的一切遭遇都是因缘。因缘，就是若干偶然的因素凑到了一起，使你遇上了这个人、这件事。你遇上了某个异性，结亲成家，生儿育女，这也是因缘。倘若琴瑟和谐，儿女姣好，那就是好因缘。好因缘不易得，你当珍惜。但是，是因缘就有变数，你心里同时要能够放下。对一切好因缘都应如此，遇上了，第一要珍惜，第二要能够放下，珍惜是因为它好，放下是因为它只是因缘。

2.析缘

佛教讲缘，缘是一个微妙的概念。从哲学上分析，缘是偶然性与因果性的统一。它是偶然性，一切相遇，包括亲密的相遇，比如友谊、爱情、婚姻，乃至这一个新生命投胎到了你的家里，都是许多偶然因素的凑合。它又受因果性支配，冥冥之中，每个相遇都有着我们无法探知其究竟的前因后果。因果有深浅的不同，因此缘也有深浅的不同。这就可以解释，即使结成了友谊、爱情、婚姻、亲子的亲密关系，心灵契合的程度何以仍会有巨大的差异。我倾向于相信，人与人之间灵魂亲缘关系的有无和深浅也许是前定的。

3.你的缘不在这里

苦苦的、无望的单恋，伤心的、绝望的失恋，诸如此类，你坚守在这里，如同一个牺牲坚守在祭台上。不，我要告诉你，你的缘不在这里，不要死心眼，天地广阔，你去别处寻找你的缘吧。

4.多情和无情

我是多情的，入世很深，顾家，爱妻子和孩子，珍惜友情，渴望自己也被爱，有时陶醉，有时委屈，心在情中颠簸。我也是无情的，随时有出世的心情，和眼前的一切拉开距离，把人间情感视为身外之物，知道自己是虚无中的一个孤独的存在。

我的多情和无情并不打架。因为多情，我的无情包含了忧伤；因为无情，我的多情学会了宽容。

5.让你的灵魂优秀

无论你的爱情是否美满，你都要记住你是一个独立的灵魂。倘若爱情美满，你的灵魂的优秀会使这美满的爱情具备很高的品质。倘若爱情不美满，你的灵魂的优秀会使你的整体生活仍然具备很高的品质。你无法确保你的爱情遭遇幸运，但你始终可以努力让你的灵魂优秀。

婚姻，为爱筑一个好巢

1.为爱筑一个好巢

婚姻有何必要？我的回答是：为爱筑一个好巢。

爱情是一只鸟儿在天空飞翔，它自由，但也需要栖息；它空灵，但也需要踏实；它娇弱，因此需要保护；它任性，因此需要训导。婚姻所提供的，正是栖息、踏实、保护和训导。

鸟儿总在空中飞，会疲惫、恐慌，会累死，爱情也是如此。

当然，筑一个好巢不容易，要学鸟儿筑巢的勤勉、细致和耐心。

2.不同的愿望

一个年轻人说：宁要浪漫的爱情，不要平庸的婚姻。人到中年后他说：宁要平静的婚姻，不要动荡的爱情。说得都对。生命的不同季节，生命的愿望也不同。

3.大抵如此

爱情大抵要死要活，婚姻大抵不死不活。

4.对亲近者不挑剔

夫妻容易发生争吵，因为我们对亲近之人往往挑剔。当然也有不争吵的夫妻，情况可能有二。一是双方或其中一方内心已足够疏远，到了不屑于挑剔的程度。二是双方或其中一方有足够好的教养，摆脱了对亲近者挑剔的本能逻辑。是的，对亲近者挑剔是一种本能，而警惕这种本能，做到对亲近者不挑剔，则是一种教养。

5.孩子使夫妻成为血缘亲人

爱情是寻找灵魂的亲人。婚姻是结为肉体的亲人。在性行为中，双方的身体达到了亲昵的极限。但是，一对男女通过做爱永远不能成为血缘意义上的亲人，唯有通过生育，才能开创出一个新的血缘关系。在孩子身上，双亲的血流在一起，两支本无联系的血脉联结成亲缘，从此生生不息，延续久远。正是凭借孩子，夫妻之爱在血缘意义上也成了亲情。

6.生命也是伟大的事业

性本能分两个层次。浅层次是快乐本能，即男欢女爱。直到孩子出生，一直潜伏着的深层次才显现出来，那便是种族本能，它以势不可当的力量觉醒了，使我们感受到巨大的幸福。这是大自然的狡计，让你男欢女爱，让你贪图快乐，结果弄出来了一个孩子，接着就让你辛苦，还让你感到这辛苦是更大的快乐。不过，就算是中了大自然的狡计，那快乐却是实实在在的，是生命根底里的快乐，而做一回大自然的工具也不算什么耻辱。从生命的角度看，世上有什么事业比种族延续更伟大？为人父母让我们体会到，生命既是巨大的喜悦，也是伟大的事业。

7.不同的儿女观

中国人喜欢说：儿女是讨债鬼。西方人喜欢说：孩子是上帝的礼物。观念截然相反。究其原因，也许在社会伦理的不同。

中国过去是宗法社会，养儿育女只是为了传宗接代。不孝有三，无后为大。儿女之所以重要，只因为宗法系统重要，儿女是传承宗法系统的工具，一旦出差错，责任天大。所以，父母要为儿女做牛做马，儿女怎么不是讨债鬼呢？儿女在人身上附属于父母，亲子关系似乎是主奴关系，但实际上，父母和儿女都是宗族的奴隶，都不自由。

西方是自由社会，孩子是独立的生命，亲子关系是自由人之间的关系。儿女年幼时，父母有抚养和监护之责任，此种责任相当于动物对于幼仔的责任，具有自然的性质，洋溢着生命的快乐。儿女成年之后，此种责任便解除，儿女自己做主并承担责任。父母充分享受养育新生命的快乐，并不承受超出自然规定的责任，孩子怎么不是上帝的礼物呢？

当然，随着宗法社会的解体，中国的情形在发生变化。现在的父母已经很少说儿女是讨债鬼了，新一代的父母越来越觉得孩子是上帝的礼物了。

论友谊

1.友谊的三个因素

好的友谊必定包含三个因素。

第一是默契。这是灵魂深处的默契，就仿佛两个灵魂之间有一种亲缘关系，因而双方在基本的价值观上高度一致，彼此心知肚明，尽在不言中。这是一个前提，使得其他方面的沟通也变得容易。

第二是欣赏。这是两个独特个性之间的互相欣赏，所欣赏的是对方身上自己最看重的优点，这优点也许是自己也具备的，因此惺惺相惜；也许是自己不具备的，因此衷心倾慕。

第三是宽容。事实上，只要前两个因素足够强烈，就自然会宽容对方身上自己不太看重的缺点了。如果不肯宽容，就说明前两个因素仍较薄弱。

2.用自己的眼光辨别敌友

朋友的朋友一定也是我的朋友，朋友的敌人一定也是我的敌人。——我鄙弃如此简单的逻辑。

首先因为我的头脑有正常的思维，足以看出它的荒谬。按照这个逻辑推演，朋友的朋友也还有朋友和敌人，以至于无穷，这样我就会有数不清的朋友和数不清的敌人，二者之间还必定有很多交叉和重合。要我接受如此极其庞大而复杂的人际关系，我还不够愚蠢。

其次因为我对人性有基本的了解，足以看出它的幼稚。友谊的基础是求同存异，每个人都有多面，不同人之间的同异关系岂能划一，存异是当然之理。我所求之同在你的朋友身上不存在，他就不是我的朋友。我能容你的敌人身上你所不容之异，他就不是我的敌人。

所以，我只用自己的眼光来辨别敌友，绝不用别人的眼光，哪怕这个别人是我的好朋友。这样最简便，往往也最可靠。

3.我看朋友圈

人以群分，朋友圈的形成似在情理之中。我想强调的是，这个圈应该是松散而不定形的，你不要把它弄成一个组织。在一切人际关系中，友谊最自由，最讲究志趣相投，距离组织最远，把它弄成组织就太不好玩了。

就我自己而言，我有许多朋友，但我不属于任何朋友圈。当然会有这种情形，我的若干朋友彼此也是朋友，但我和其中每人的关系仍是非常个人化的，不会受他们之间关系的影响。

4.一个检验

当你接受了一个善意而心中没有丝毫不安的时候，你也就是接受了一个朋友。相反，如果你不接受这个善意，或者接受了但心中不安，就说明你不认可对方是朋友。这包括两种可能的情况，一是你怀疑其善意的真实性，二是你对其人有否定的评价。

5.相信亲见

据说某人的人品有严重污点，但只是传言，不能证实。此人待我很好，我还看到他身上有很正直和可爱的一面，为一般人所不具备。那么，我何必轻信人言，而把我的亲见抹杀掉呢？在评价朋友的时候，相信亲见，不信传言，我把这作为一个原则。

论道德

1.道德好比一个淑女

道德不是孤立的现象。社会要有好的道德状况，离不开法治和信仰。道德依靠他律和自律，法治强化了他律的力量，信仰提高了自律的觉悟。道德好比一个淑女，她的力量太单薄，需要法治做她的卫士；她的觉悟不够高，需要信仰做她的教师。中国最需要也最欠缺的是法治和信仰，唯有建立以保护个人自由为最高原则的法治社会，鼓励以个人灵魂追求为实质内容的多元信仰，中国人的道德状况才会变好，也一定会变好。

2.同情以尊重为前提

同情好不好？亚当·斯密和叔本华说好，视之为最主要的道德；尼采说不好，认为会损害被同情者的尊严和痛苦的价值。我的看法是，两种观点各有道理，不妨结合起来。一方面，作为个人，在遭遇痛苦的时候，要尽量自己忍受和解决，不向人诉说，不博取同情，这是自尊，也是对他人的尊重。另一方面，作为社会，在帮助弱者的时候，不可伤害受助者的自尊自强。总之，尊重第一，同情第二，同情要以尊重为前提，才是好东西。

3.不公和不义

孟德斯鸠说：对一个人的不公，就是对所有人的威胁。为什么？因为对一个人的不公，所显示的是制度的逻辑，可以用来对待所有人，无人能保证自己幸免。

我想补充说：对一个人的不义，就是对所有人的侮辱。为什么？因为对一个人的不义，所显示的是人格的卑劣，他不只是在侮辱某个具体的人，而是在侮辱存在于所有人身上的普遍的人的尊严。一个人如果看见对别人的不义行为却不觉得自己也受了侮辱，就应该自问是否丢失了这个尊严。

所以，看见不公，我们要警惕制度；看见不义，我们要当心小人。

4.辨别真假善良的标准

世上有一种人，似乎乐于助人，对你关怀备至，却使你感到有压力，你就要警惕。

真正的善良是不会让人感到有压力的，这给了我们一个辨别真假善良的标准。

一个人出于自己的本性做好事，他是不会觉得在做好事的，而只是觉得在做一件平常的事。相反，做好事而自己觉得也让人觉得他在做一件不平常的事，则可断定这和他的本性有多么相忤了。别人是否感到有压力，原因在此。

5.严重的事情

对于那些恶人，除了愤怒、厌恶、蔑视之外，有时我还会有一种怜悯之情。我会想，老天把他们造就成这个样子，老天何其不仁也。佛教讲轮回，断定是前世的“业”造成了他们今世的“果”，这也让我有些替他们叫屈，因为前世的“业”是不该由他们承担的。不过，佛教也给他们指出了一条光明的出路，就是用今世的“业”来改变后世的命运。我无法确定轮回的真实性，姑且假定人只有一次做人的机会，因此想对他们说：你这辈子做了恶人，你就是永生永世的恶人了，对于如此严重的事情，一个人怎么能无动于衷呢？

6.道德上的自我感动

为了一种道德上的自我感动而做好事，未必比为了获取他人的赞扬做好事更不虚伪。事实上，二者都是做给他人看的，区别仅仅在于，在前一种情形下，他人已经内化为自己，始终在场，因此演戏成了常态。

当然，我在这里是从道德的纯粹性出发提出了很高的要求。就社会现状而言，这种即使为了自我感动而做好事的人也还是太少，因此我宁愿赞许他们，而不是批评他们。

7.道德的相对性和绝对性

关于道德的本质，有两种对立的观点。一种观点认为道德具有绝对性，其根据是人性中的神性，道德法则是上帝的命令。另一种观点认为道德只有相对性，其根据是人性中的社会性，道德法则是习俗的产物。后者可以举出大量实例，以证明由于社会习俗的不同，道德法则因时、因地有巨大的差异。然而，这并不意味着我们不能对这种差异进行评价，而用以评价的尺度必是人性中高贵的部分，不管我们把它称作理性、文明还是神性。

8.道德是整体人生观的体现

讲道德不能局限于道德，道德只是一个人的整体人生观在人际关系上的体现。在很大程度上，贪婪、暴戾、仇恨都是糊涂，佛家称之为“无明”。一个想明白了人生道理的人，在道德上一定能够自律。倘若社会上多数人都看重自己人生的品质，内心有明确的准则，而不是盲目地受环境支配，社会风气一定会好。

9.扎根人性才能结出果实

我们的社会重视德育，但德育必须抓住道德的根本。道德在人性中有基础：人作为生命要有同情心，自爱也关爱他人；作为灵魂要有尊严，自尊也尊重他人。假大空的说教与道德无干，只是用来骗己、骗人的纸花。真正的道德要诚实地扎根于人性，才能结出善良、高贵的品质之果实。

10.用哲学课取代品德课

中国历来是德育大国，四书五经皆道德文章，格物致知亦仅是修齐治平的手段。在今天的世界上，也大约只有中国在中小学开设德育课。可是，为何国人的道德现状仍然堪忧，值得反思。道德并非孤立之物，而是人生智慧和觉悟在人际关系方面的体现。所以，应该用开启人生智慧和觉悟的哲学课取代品德课。否则，今天你教孩子说你自己不信而他不懂的话，明天他就会对任何人说他自己不信的话。

11.两种道德情感

有两种基本的道德情感，一是做人的尊严和自豪，二是对他人的同情、爱和责任。在不同的人身上，其强烈的程度不同，前者强烈的是智者，后者强烈的是仁者。

12.做事和做人

做事不妨有冒险精神，做人必须有道德底线。

13.说真话

当然要说真话，但说真话与说正确的话是两回事。有的人的所谓说真话，是把他头脑里的愚蠢想法说出来，他因此觉得自己诚实而勇敢，产生了可笑的道德自豪感。

14.不争功

我深信人生思考对于改善社会道德状况的积极作用，但我不会和你们争功。

15.丑恶的声音

在中国，无论是在大街上，还是在公园里，经常会听见一种丑恶的声音，有时还此起彼伏。那是肆无忌惮的清喉咙的声音，紧接着的是同样肆无忌惮的啐吐的声音。每当听见这种声音，我就无法克制心中的愤怒。令我惊异的是，这些人在这么做时是如此若无其事，丝毫没有羞耻感，仿佛是在完成自己最熟练的一个动作。这在西方文明国家里是不可想象的。我由此想到，文明既是一种教养，也是一种对自身行为的审美意识。

16.鲜明对比

我过马路，刚下人行道，一辆出租车右转弯，险些擦着我。司机探出头大骂："找死啊！"后座的门打开了，一个外国女子下车关切地问："没有碰着吧？"二者的态度成鲜明对比。

论感恩

1.善良和感恩

如果你是一个善良的人，你得到了别人的善意对待和帮助，心中会产生一种自然的情感，这种情感就叫感恩。

当然，前提是你是一个善良的人。善良，就是有同情心。你必须有同情心，才会有感恩心。你对别人怀有善意，乐于帮助，才会懂得别人对你的善意，感激别人对你的帮助。其实，感恩心和同情心是同一颗心，感恩和同情是善良的两面。

冷漠者不知感恩为何物。一个不肯向别人伸出援助之手的人，倘若别人向他伸出援助之手，他的本能反应是猜疑，而不是感恩。如果他尚能被感化，因此知恩向善，则证明他善根尚存。能否知恩是检验善根是否尚存的试金石。所以，佛经里说：知恩者不坏善根，不知恩者善根断灭。

2.为生命感恩

我们得到珍贵的礼物，心中会对那赠予者怀有感激之情。然而，在我们得到的一切礼物中，还有什么比生命更珍贵的礼物呢?

所以，我们感恩父母，因为他们，我们才得到了这一世的生命。中国传统伦理强调孝，提倡尊亲，其合理内核就是感恩生命的来源。

然而，单凭父母的血肉之躯，我们是不能得到生命的。生命传承，世代相续，那最初的源头在哪里，那神秘的主宰是什么？各民族的神话和宗教都告诉我们，生命有神圣的来源，它被称作天地、神、上帝、造物主。对于生命的这个神圣来源的感恩，就叫作信仰。

在一切感恩中，为生命感恩是最根本的感恩。在这种大感恩的照耀下，生命的总色调是明亮的，使我们能够超越具体的得失恩怨，在任何遭遇中保持感恩之心。

3.为爱感恩

如果说生命是最珍贵的礼物，那么，在生命的经历中，爱是最珍贵的礼物。

爱情、亲情、友情，是生命中的无价之宝，你要珍惜。为相遇而感恩，爱就在你的心中。为爱而感恩，幸福就在你的心中。

你得到了爱，你要感恩。你给出的爱被接受了，你也要感恩。在爱中，给出本身就是得到，接受本身就是回赠。太阳不要求万物也给它光芒，溪流不要求河床也为它歌唱。爱是积聚的能量的自然释放，是情感出于内在丰盈的自然流溢，那双伸出来接受的手同时也构成了奉献的姿势。

你不可计较爱的得失，爱是不可量化的，只要是真诚的，就不存在多少的问题。你要记住，不论时日长短，凡真爱都是财富，既丰富了你的经历，也丰富了你的心灵。曾经相爱就是恩，你不可为爱的离去而怨恨。如果你确实看清了那不是爱，而是欺骗，也不要怨，而应该蔑视。

4.包容和感恩

生命中必然有逆境、灾祸、苦难，如果你真正感恩生命，就会包容这些负面的遭遇。在某种意义上，它们也是生命给你的礼物，是促使你体悟人生的宝贵机遇。

如同在道德的层面上，感恩心与同情心不可分割，在智慧的层面上，感恩心与包容心也不可分割。一个没有包容心的人，他的心是狭窄的，并且长满了怨和嗔的杂草，感恩心就没有了生长的空间。

我们感恩，是用心感恩。一个人必须有健康的心，才能感恩。心第一要善，有同情心；第二要宽，有包容心，兼具此二者，就是健康的心。

5.报恩

感恩是知行的统一，既要知恩，也要报恩。报恩不是只报恩主，倘若那样，实质上仍是交易。知生命之大恩的人，用一生的行为来报这个大恩。

人是有性灵的生命，生而为人，是造化的大恩。为报这个大恩，就要活出你的性灵，拥有自由的头脑、丰富的心灵、高贵的灵魂，无愧为人。做人委琐、自甘平庸乃至堕落，是最大的忘恩负义。

如果你在人世获得了成功，不论是凭借能力还是运气，说到底都是上天所赐。所以，你要把这个成功看作一种责任，用它来造福众生，回报社会。

生活大于政治

1.政治淡化

一个政治环境好的社会，一定是一个政治淡化的社会。只要你不强制他人，它容许你持有和发表任何一种政治主张，你可以是公开的民主派或保守派，如此等等。它也容许你不问政治，容许你政治上糊涂、幼稚、中立、犹豫、摇摆，如此等等。按照常理，多数人对政治斗争是不感兴趣的，是政治上的中间派，所关心的是切身利益以及与此切身利益有关的那部分政治，还有极少数人关心的是超越政治的精神价值。我把中间派的处境看作判断一个社会政治环境好坏的依据，凡是不能容忍中间派的政治力量，不管它怎样高喊民主，实质上是专制的。

2.生活永远大于政治

多年前我曾经批判过把生活缩减为政治的逻辑，今天这种逻辑仍甚嚣尘上。在许多人看来，某个时代只有政治，没有生活，因此，当你回忆或描写那个时代的某一段生活时，你只能或者控诉，或者忏悔。倘若你对当时的生活场景和内心体验有任何正面的叙述，你就是在美化那个时代的政治，就是站到了人民公敌的立场上。这些人完全无法懂得，生活永远大于政治，哪怕在专制政治下，生活仍有政治无法取代的内容，哪怕遭到了政治的压抑或扭曲，青春岁月仍是个人的美好记忆和心灵财富。在我看来，专制政治的最大罪恶是企图用政治完全取代乃至取消生活，虽然它事实上做不到。就此而言，这些人几乎可以被视为专制政治的忠实工具，因为他们的思想方式不但是和专制政治一脉相承的，而且竟然要把它贯彻到底，在记忆中也取消生活，只剩下政治。

3.专制的两极

一个人如何对待持有不同观点的人，比他自己持有何种观点更能反映他的文明程度。对不同观点施以谩骂、语言暴力、道德审判，这种方式所体现的国民素质是专制的肥沃土壤。个人独裁和多数人的暴政，是专制的两极，而两极相通，二者距离民主同样遥远。与推翻个人独裁相比，铲除多数人暴政的土壤要困难得多。

4.“政治正确”这把尺子

我当然不是政治斗士，而且对于一切政治斗士都心怀警惕，不管他们是以左的还是右的面目出现。他们的共同点是用“政治正确”这把尺子来评判人，把人划分为敌我两大类，于是不论哪一方上台，殃及无辜的敌我斗争永远不会止息，国人永无安宁。

王国维是民国时期最优秀的知识分子之一，是自由思想和独立人格的典范，在哲学、文学、史学各个领域皆有非凡的建树。可是，倘若用“政治正确”这把尺子来评判他，这个忠于被推翻的清室，最后以死殉清的老实人就不可避免地要被钉在所谓的历史耻辱柱上了。

5.自由和容忍

据说胡适有言：容忍比自由更重要。然而，自由岂不就是在不损害他人的前提下，每个人拥有坚持自己的观点和生活方式的自由，因而本身包含着对与己不同的观点和生活方式的尊重，以及对自己不喜欢的观点和生活方式的容忍？

6.背后的逻辑

有的人的逻辑是：政治现状令人愤慨，因此你只能谈论政治，表达愤慨，如果你谈论人生，就是在逃避。背后的逻辑是：政治支配人生，坏的政治下不可能有好的人生；政治就是人生，除了政治没有人生。

7.失去了什么

突出政治的年代似乎很遥远了，但许多人并未真正从中走出。在他们的记忆中，那个年代除了政治运动，剩下的便是一片空白。凡是因一种政治体制而叫喊失去生活的人，他们真正失去的是那种体验和思考生活的能力。

8.身体里有政治机能

每当我对政治现实发表意见，就会有人质疑或规劝，说你不懂政治，少说为好。我想起崔健的一句话：身体里有政治机能。是的，对于违背公平正义的现象，身体就会有反应，仿佛身置其境，感到痛苦。如果不然，只能说明身体出了毛病，其机能已被环境同化，趋于麻痹。我谈人生和精神生活，其实都是在谈价值观，而政治是价值观的直接呈现，我怎么可能不关心政治呢?

9.自由的含义

自由包括外在自由和内在自由。

外在自由指外在环境的自由，包括：一、政治自由，即保护个人自由的法治秩序；二、自由时间，即个人得以从事自由活动的充裕时间。

内在自由指内在精神的自由，包括：一、理性自由，即独立思考的能力；二、情感自由，即超越功利的审美境界；三、意志自由，即能够为自己行为立法的道德自律。

二者的关系是：外在自由为内在自由提供了良好环境；无论环境好坏，内在自由不可剥夺。

法治片言

1.幸福与法治

“幸福”正在成为一个热门词，频频出现在畅销书的书名中、媒体的谈话节目中、议会的提案中、政府的规划中。这当然是好事，说明人们已经普遍意识到，GDP多么高也不等于幸福，应该好好反思发展的方向和方式了。

但是，我的担忧是，这会不会又成为一种政绩工程，因而流于形式？政府的职责不是直接提供幸福，而是保护公民追求幸福的权利，为之提供良好的制度环境，法治的实质即在于此。相反，人治则是政府拥有赐予幸福的权力，而这也就意味着拥有剥夺幸福的权力。比如说，按照法治，政府有责任保护农民的私有财产；按照人治，政府却可以强制拆迁和逼迫上楼，并且宣称这是让农民过上了幸福生活。

2.新蛋糕论

政府的职责是把蛋糕做大，还是把蛋糕分好？都不，这是一个假问题。政府的职责在于：一、鼓励和放手让老百姓自己做蛋糕；二、保护老百姓对所做的蛋糕的权利，不让别人抢走；三、惩罚那些抢蛋糕的人；四、最低限度，政府自己不去抢老百姓所做的蛋糕。在此前提下，政府可以让人们按照合理的比例把所做的蛋糕拿出一部分来，分给那些没有能力或机会做蛋糕的人。

用理论的语言来表述便是：在公民幸福的问题上，政府的根本责任是遵守法治社会的规则，一方面保护公民自由使之不受他人的侵犯，另一方面约束自己的权力使之不侵犯公民的自由，如此来为公民争取幸福创造一个良好的环境。

3.我的中国梦

我的中国梦：中华民族成为一个健康的民族。个人的健康包括身心两个方面，民族亦然，一是机体的健康，即拥有健康的社会秩序——法治；二是心灵的健康，即拥有健康的精神生活——信仰。我的中国梦：中国成为一个法治之国、信仰之国。

法治，需要的不是高深的理论，而是常识，即自由、民主、公正、平等。信仰，需要的不是高超的宗教，而是良知，即生命的同情、人性的尊严之基本道德意识。

换一种表达，我的中国梦是：在国内，人民过上权利得到保障的有尊严的生活；在国际，中国成为负责任的有影响力的文明大国。然而，没有法治和信仰，这个目标就不可能实现。所以我要再三强调，中国现在最缺乏也最需要的是法治和信仰。

4.竞争与和谐

竞争有两类。一是精神层面的竞争，争内在的优秀，大家都力争发展自己的禀赋，实现人生的价值。在这样的竞争中，每个人的方向和道路是独特的，人与人之间会互相激励，但不会形成冲突。这样的竞争盛行，社会就和谐。二是功利层面的竞争，争外在的利益。一块蛋糕，人人都想多分一些，就有可能发生冲突。不过，倘若规则明确并且得到遵守，就可以把冲突降到最低程度，社会仍能和谐。所以，和谐社会并不排斥竞争，而是建立在精神层面的高级竞争和功利层面的良性竞争的基础上的。相反，如果低级竞争和恶性竞争盛行，社会就只会是一个混乱不堪的战场了。

5.破解国民素质与民主政体的悖论

国民素质与民主政体的悖论：国民素质低劣，就难以建立民主政体；不建立民主政体，国民素质就难以提高。这个悖论困扰了中国知识分子一百多年。

其实，二者都是从量的积累到质变的过程。国民素质进步到一定程度，才会有建立民主政体的要求，并且能够建立低质量的民主政体。随着民主政体质量的提高，国民素质会相应提高。

这就如同鸡和蛋的悖论之破解，当某种动物进化成为鸡的时候，某种动物的蛋也就成了鸡蛋。

所以，无论是提高国民素质的努力，还是推进民主进程的努力，二者是相辅相成的，都不会徒劳无功。

当然，作为个人，不论在何种政治体制下，都应该也可以让自己具备高素质，而这本身是对二者的贡献。

6.试金石

对儿童的态度，是检验一个人的人性品质和一个国家的文明程度的试金石。一个人对孩子冷漠，甚至加以暴力侵害，是这个人人性品质低劣的确证。一个国家缺乏保护儿童权利的社会和法律体系，侵害儿童的事件频发，则是这个国家文明程度低劣的确证。

7.选拔和选举

一位朋友谈选拔和选举的不同，很受启发，重新表述如下——

选拔是某只上面的手把你选中了拔起来，如果那只手一松，你就掉下来了，所以你必须对上面的某个人负责。选举是许多只下面的手把你选中了举起来，如果这些手一松，你也掉下来了，所以你必须对下面的许多人负责。

8.天理和王法

自然法是天理，实在法是王法。天理大于王法，王法服从天理，所以实在法必须符合自然法。

9.靠法治和信仰

他律靠法治，自律靠信仰。

官场之清明，要做到使官员不敢贪、不能贪、不想贪，前二者靠法治，后者靠信仰。同样道理，市场之诚信，要做到使商人不敢骗、不能骗、不想骗，也是前二者靠法治，后者靠信仰。

10.造钩者的处境

窃国者王，窃钩者贼，这还不是最可怕的。最可怕的是造钩者也被当成了贼。

11.社会治理与天灾人祸

天灾不可测，但良好的社会治理可以防人祸，也可以增强抗天灾的能力。

12.最圣洁的领域

教育和学术，旨在真理之求索；医疗和慈善，旨在生命之救助。这些本应是最圣洁的领域，倘若也是腐败丛生，社会就真的是病入膏肓了。

13.未抓到根本

“五四”运动的口号是民主和科学，在我看来未抓到根本。中国社会转型的关键是法治和信仰。在政治领域，法治比民主根本；在精神领域，信仰比科学根本。

文化片言

1.智慧照亮知识

怀特海说，一个仅仅见多识广的人是世上最无用而讨厌的人。这也正是我的感觉。有一种人，无论在私人聚会，还是在公共场合，对任何话题都能滔滔不绝，仿佛无所不知，可是你听了会这么想：他虽然见多识广，但毫无见识。唯有智慧才能赋予知识以生命，使之成为见识。换句话说，智慧是光源，而知识是被照亮的东西。没有智慧，知识只是散落在黑暗中的碎片，散落了一地也白搭。

2.文化和教养

看一个人有没有文化，我不会问他的学历，只需看他待人接物的态度，做事的作风，我心里就了然了。一个没有教养的人，不论他学历多高，我都不认为他有文化。教养是融为血肉的文化，它似乎无迹可寻，却又无时无刻不表现出来。

3.语言的朴实和华丽

言为心声，但不含心声的言说何其多也。不过，这样的言说同样表明了心的品质。语言的朴实和华丽不只是语言的问题。出自心灵也诉诸心灵的语言一定是朴实的，源于并且证明了言说者心灵的真实和对听者的诚实。华丽的语言往往既非出自心灵也非诉诸心灵，暴露了言说者心灵的虚假和对听者的不诚实。

4.从语言看时代的品质

时代的疾病必然会反映在语言上，而我们通过语言的品质也可以相当准确地判断一个时代的品质。在健康的时代，人们往往朴实地说话。相反，社会上流行的无论是标语口号式的套话，还是广告式的大话，我们都可以有把握地断定这是一个病态的时代。

5.人不需要知道许多信息

我承认，在这个信息时代，我是一个落伍者。无论何处，人手一部手机，大家都在埋头专心地接收和传播信息，每见这个情景，我就觉得困惑不解。我坚定地认为，一个人完全不需要知道许多信息，只需要知道与自己的生活和心灵真正有关的东西，那超出的部分不但无用，而且挤占了有用东西的空间，扰乱了内心的秩序。这就好比进食，有足够的营养即可，用不着摆一大桌菜，那多余的全都浪费了，硬吃下去则阻碍了营养的吸收，扰乱了消化的秩序。

6.手机控

手机扼杀不了智者，但会使他更孤独，因为废掉了许多可能的爱智者。

聚会的场合，当我看到在场的人全都埋头于手机的时候，我暗自为其中那些心智本来优秀的人感到惋惜。

7.惊叹和惶恐

网络正在以不可阻挡之势覆盖人类生活的各个领域，在网络上似乎可以完成一切，包括贸易、金融、政务、教学、阅读、购物、择偶……

我对此惊叹不已，同时感到惶恐，不知道这个潮流会把人类带向何处。我无法确定，一个今天依然不会使用网络的人，与一个一旦离开网络就不会生活的人，二者究竟谁更是低能儿。

8.国人的心态

时政和养生是网络上持久的热点，由此可一窥国人的心态：一面对国事发牢骚，一面感到无奈，那么，就管好自己的身体吧。

9.被遮蔽的古代文化光芒

中国古代有灿烂的文化，其光芒已被急功近利的旅游开发和良莠不齐的国学宣传遮蔽。倘若现在中国社会有更好的法治秩序，中国人有更高的精神素质，古代文化会闪放怎样美丽的光芒啊。

10.低俗

在财富的放大镜下，人格的卑劣纤毫毕露。

如果一个最低俗的江湖小丑成为最风光的文化英雄，他就是这个时代低俗的样板和证明。

11.扶植纯文学刊物

清楚地记得《大家》创刊时期的风范，追求文学的纯粹性和经典性，现在落到靠卖理论版维持文学版，我相信是不得已而为之。纯文学刊物生存艰难，政府负有责任。现在政府大搞文化产业，纷纷投资大项目，以此造声势、树形象，为什么不肯稍许拨一点儿款来扶植纯文学刊物，非要让它们在市场上自生自灭呢？

12.废除学术的量化评价

用量化指标评定学术职称的方式，根源在学术机构的行政化，逼迫相当数量的从业者靠购买刊物版面完成量化指标，否则不能在学术机构内正常生存。对于学术能力的评价，本应由相关领域的专家群体主导，只看论文水平，不看是否发表。同时，政府应出钱养纯学术刊物，也由专家群体监督其学术水平。双管齐下，学术就有福了。

你问专家也营私舞弊怎么办？我相信，真正建立了学术独立的体制，这样的专家就混不下去了。现在是劣币驱逐良币，堕落的所谓“专家”往往吃得开。

13.对青年学人说

对于自己的学术和写作，我只用两个坐标来衡量，一是在我的人生中的价值，二是在人类文化和社会现实中的价值，其余概不重要。

我想对仍在现行学术体制内为职称奋斗的年青一代说：做学问就是做人，把眼光放远一点，你要对得起自己的生命和良知，以真性情做真学问，让自己真正得到提高，也感到快乐。

14.一个有趣的题目

一个有趣的题目：人类四大精神导师的阅读生活。孔子是勤奋地读了《易经》的。苏格拉底年轻时读他的老师阿那克萨哥拉的书吗？后来他不读书了吧？佛陀至少在出家后不再读书。耶稣应该读过《旧约》，此外就可能没读什么书了。

四大精神导师基本不读书，完全不写书。可是，想一想他们之后浩如烟海的儒学、哲学、佛学、神学著作，这四个基本不读书、完全不写书的人竟启动了人类历史上最强盛不衰的读书、写书的传统。

知识分子

1.士阶层与独立知识分子

儒道互补是中国士阶层的长久传统。在好的意义上，士阶层中的优秀分子秉持了儒家忧天下、哀民生的社会责任心，也涵养了道家亲自然、轻功利的超脱情怀。在坏的意义上，士阶层中的平庸之辈以儒家为做官的敲门砖，以道家为归隐的安慰剂。不论是何种情形，中国士人的内心都是纠结的。在皇权至上的专制体制下，即使是优秀分子，其社会责任心也被限制在忠君意识的范围内，其超脱情怀也往往成为仕途失意的自我安慰。因此，直到清灭亡，具有独立地位和品格的严格意义上的知识分子群体在中国并未形成。

应该说，中国独立知识分子阶层是在进入近代以后逐渐形成的，是推翻帝制和西风东渐两大因素作用下的产物。其最早的成员，基本上由士阶层中的优秀分子脱胎而来。因为获得了全球性的视野，他们的社会责任心得以摆脱忠君意识的束缚，并由民族救亡向文明立国的方向提升，他们的超脱情怀也减弱了自我安慰的色彩，增添了超越性追求的意味。

2.知识分子如何面向公众发声

在事关国家前途、民族命运、民众苦难的重大问题上，在涉及人权、尊严、公平、正义等原则问题上，知识分子理应发出自己的声音。这个声音应该是理性的、清醒的、有充分说服力的，可以声情并茂，但不可以情绪化。这是与新媒体上众声喧哗的区别之所在。

知识分子面向公众发声，包括公共写作、公开演讲、媒体访谈等，是一个极严肃而有难度的工作。要做好这个工作，既要对公共领域的问题有切实的了解和深入的思考，也要在自己的专业领域里有相当的底蕴，并且善于把专业知识转换成深入浅出的语言。唯有如此，才成其为一个学有专攻的知识分子的既内行又能让外行听懂的发声。

3.知识分子何为

除了直接的方式，关注社会还可以是间接的方式。无论如何，在知识分子群体中，公共知识分子只占一小部分，多数人不是公共舞台上的活跃人物。不管是因为志向还是性格，有的人宁愿在某个领域里默默耕耘，我们应该尊重他们的选择。当然，对于社会大问题、大趋势仍须有自己的立场，但这个立场未必用公开发声的方式来表达。一个人在所从事的理论研究或文学创作中，必定会体现出自己的精神境界和价值取向。一个潜心于基础理论或重大理论问题研究的学者，他在理论上的建树也许会比公开发声对社会产生更加深远的影响。即使一个醉心于内心体验之奇妙和文字之美的诗人，他也是在为人类精神的丰富性和多样性做贡献。

真正说到底，知识分子何为？他是要让这个世界变得更美好，让这个社会变得更美好，而他的基本方式是让人变得更美好，他改变的是人的思想和心灵。无论公开发声，还是用著作和作品说话，他要做的都是这件事。质言之，知识分子的职责是守护人类的基本精神价值，努力使社会朝健康的方向发展。

4.灵魂层面上的修身

儒家把修身看作齐家、治国、平天下的前提和基础，是有道理的，不过这个修身不能局限于道德修养，应该深入到灵魂的层面，关注人生觉悟和精神素质的提升。现在的问题是，关注这个层面的人不是多了，而是少了。今天的中国知识分子太热衷于在治国、平天下方面一展抱负，恰恰不重视灵魂层面上的修身，在这一点上还不如古人。一个内心没有精神目标的人，他对社会问题的关注，在内涵上会是肤浅的，在动机上可能是功利的。

5.出版和传媒的区别

出版的使命是文化的传承，传媒的功能是信息的传播。由于二者性质上的这个区别，二者在价值定位上也应该有所不同。

传承和传播，第一个字都是“传”，都要流传，第二个字不同，表明了对于流传的不同价值诉求。传承的“承”，继承，是有时间性的，文化要在时间中、在历史的长河中流传，追求的是久远的价值，能禁得住时间的检验。传播的“播”，播送，是空间性的，信息要在空间中、在广大的人群中流传，追求的是当下的效应，能吸引眼球，有收视率和点击率。出版立足于久远性，传媒着眼于当下性，这是第一个不同。

因此有了第二个不同：出版要讲究专业性，传媒则可以满足于业余性。书籍必须有值得传承的文化内涵，这就要求作者对于所涉及的主题有准确、完整的知识，深刻、系统的思考。但我们无法用这个标准要求记者，记者追随时事，不断变换话题，涉及面宽泛，不可能专业。当然，这是总体性质上的区别，不排除局部事实上的出入，比如，有的记者很有文化，其作品最后也就进入了文化的传承，许多书籍只是徒有其表，其下场最后也就像当下的信息一样不见踪影了。

教育的目标

1.成长的真理

成长的真理是自我教育。一切学习本质上都是自学，一切教育本质上都是自我教育。且不说今天的教育体制有诸多弊端，不论体制之优劣，你们都不可只是被动地接受教育。教育是心智成长的过程，你们要自己做这个过程的主人。放弃做这个主人，任凭成长受外界的因素支配，是对成长的真理的背离。

2.自我教育的能力

每个人与生俱来就有潜在的心智能力，教育是这个能力的生长。如果一个教育体制是好的，好就好在为生长提供了自由而又富有激励因素的环境。人是要一辈子学习的，学校教育只是为一辈子的学习打基础，这个基础就是自我教育的能力。有没有这个能力大不一样，那些走出校门后大有作为的人，未必是上学时各门功课皆优的“好学生”，但一定是能够按照自己的兴趣安排自己的学习的“自我教育者”。检验一个人的学校教育是否合格，最可靠的尺度是看他走出校门后能否坚持自主学习。

3.智力素质高的学生

教育的目标，第一要让学生喜欢学习，对知识充满兴趣；第二要让学生善于学习，在知识面前拥有自由。一个学生在总体上对人类知识怀有热烈的向往和浓厚的兴趣，又能够按照自己的兴趣方向来安排自己的学习，既有积极的动力，又有合理的方法，他就是一个智力素质高的学生。这样的学生，日后自己一定会不断地去拓展知识的范围，并朝某一个方向纵深发展。

4.对今天的学生说

我对今天的学生说：你所学到的一切，将来都会用上的，除了为应试死记硬背的知识。我的意思是说，你在学习上第一要自己做主，第二要放松心态，真正学到一点东西，而不去问它们是否有用。凡真正学到了的东西，一定会有用的。为应试死记硬背的知识，当然不是你真正学到了的东西。

5.教育的使命是传承高贵

关于教育的使命，可以有种种不同的表述。但是，在我看来，无论怎么表述，出发点都应该是对人类生活和个人生活目标的定位。在谈教育之前，我们首先要确定，对于人类和个人来说，怎样的生活状态是值得追求的？做这个判断当然不是根据某种抽象的理想，因为我们已经拥有几千年的人类文明史，而对某个值得追求的目标的不懈追求是这部文明史中的事实。人类历史上曾经产生过一些伟大人物，不论他们属于哪个民族，共同的目标是人性的进步，使人性中的高贵成分得到发展，使人类臻于美好和完善。借用《圣经》中的比喻，上帝是按照自己的形象造人的，那么，在自己身上守护上帝的形象，让人的精神性得到印证，便是人的职责。这就是高贵，而高贵是一种精神血脉的传承，教育的使命——使命中的本质部分——即在其中。

6.真正的教育

天生万物，唯独人有能思考真理的头脑，能感受美和崇高的心灵，能追求至善和永恒的灵魂，因为这些精神性的品质，人才成为万物之灵。为了生存和发展，人需要改变外部世界，从事物质生产，因此积累了实用性的知识。在教育中，知识的学习是一个必要部分。然而，如果脱离人类精神性品质的传承，只是传授实用性知识，这样的教育就是把人引向与万物之灵相反的方向，使之成为万物中平庸的一员，至多是生存技能高超的一个动物罢了，因而不配称作教育，只配称作谋生训练。真正的教育理应使人在知识面前保持头脑的自由，在功利世界面前保持心灵的丰富，在物质力量面前保持灵魂的高贵。

7.教育与培训的不同

培训是以职业为目标的知识传授和技能训练，教育是真正的人的形成，精神属性的生长，成为人性意义上优秀的人。培训有必要，但如果培训成了教育的全部，真正的教育就不存在了。

8.基础教育的目标

基础教育是学校教育的重要阶段，也是最艰难的阶段。怀特海在论述智力发展阶段时指出：小学和大学都以自由为主导，唯有在中学阶段，纪律是主导，自由必须从属于纪律。按照我的理解，自由是顺应兴趣，而纪律是服从必须。在小学阶段，智力教育的重点是激发和培育一般的求知兴趣；在大学阶段，则是根据业已明确的兴趣方向自主地学习。中学阶段的情况却大不相同，不管是否感兴趣，学生必须学习大量基础知识。因此，中学生是最辛苦的，中学老师也是最难当的。当然，没有兴趣的学习是低效率的，而困难正在于如何引导学生对必须学的知识产生兴趣，使纪律成为自由选择的结果。事实上，即使在学习基础知识的过程中，有三个因素也是具有超越知识本身的价值的，那便是：一、通过文史哲课程的学习受到人文熏陶，拥有丰富的心灵和高贵的情怀；二、通过数理化课程的学习得到思维训练，培养智力活动的兴趣和习惯；三、通过全部课程的综合了解人类知识的概貌，犹如在胸中画一张文化地图，为确定个人兴趣方向和今后专业选择提供依据。在我看来，这三者是比知识更重要的目标，而如果它们在教学中得到充分的体现，就反而能够大大提高学生学习知识的兴趣和效率。

9.大学阶段的自由

在经历了中学的纪律阶段以后，学生在大学进入了自由阶段。但是，这个自由应该是一个饱满的心智在某个知识领域里的尽兴漫游，其前提是对人类知识的一般兴趣和对所学专业的特殊兴趣。一个学生倘若没有这两种兴趣，便与这样的自由无缘。

10.教育必须慢

教育要能够唤醒个人经验，开放创造机遇，就必须慢。世上一切好东西，包括好的器物，好的诗，好的教育，都是在从容的心境下产生的。今日教育的快，实质是急功近利，让学生做的大量事情与教育无关，甚至是反面的教育。

11.关于好生源

衡量大学教育的水平，标准不是招进了什么样的人，而是培养出了什么样的人。我很担心，在大学，尤其名牌大学急功近利的现状下，好生源也会被教坏了。

12.人和人才

问：在您看来，未来社会需要怎样的人才？

答：我们最需要的是人，人才倒在其次。教育是人的成长，是真正的人的形成。背离此，就不会有人才，只会有工具之才。

13.我的教育梦很古老

问：请您描述一下您心中的教育梦。

答：我的教育梦很古老，先秦的诸子百家、古希腊的哲学家学园是样板。

14.渺小的目标

你的目标是要让孩子将来进北大、清华？多么渺小的目标啊！

在我看来，今天的哈佛也是太功利了。想一想古希腊吧！

教师的素质

1.第一重要的是做人

一个人活在世上，不论从事什么职业，第一重要的是做人。对于教师来说，做人更是第一位的，因为教育是精神事业，一个教师精神素质好不好，会直接在教学的态度、内容、方式以及与学生的关系中体现出来。和传授知识相比，教师作为一个人在精神上对学生的影响是更重要的。我们回忆自己的学生时代，最难忘的必是那种具备人格魅力的老师，他们在我们人生早期所给予的启迪和熏陶，其作用之巨大，往往使我们终身受益。

2.做人和教人是一致的

就单个的教师而言，教育理念不是孤立的东西，也不是抽象的理论，而必定是和他的人生观、价值观有密切联系的，是他的整体精神素质在教学上的体现。说到底，做人和教人在根本上是一致的。一个在人性意义上优秀的教师，他在自己身上就领悟了人性的宝贵，绝不会用压抑和扭曲人性的方式去教学生。相反，那些用这种方式教学生的教师，自己的人性在相当程度上往往是不健全的。在具体的教学中，这种内在的差异几乎是无意识地表现出来的，但是泾渭分明，一目了然。

3.教师应该具备两种素质

教师自己是一个热爱智力生活、对知识充满兴趣的人，才能够在学生心中点燃同样的求知热情。教师自己是一个人性丰满、心灵丰富的人，才能够用贴近人性、启迪心灵的方式去教学生。

4.教师的文化底蕴

要在学生心中传承高贵，必须让他们经常目睹高贵，因此一所学校必须拥有相当数量的教师，他们身上真正体现了高贵。他们的作用，一是作为高贵的榜样，对学生发生潜移默化的熏陶；二是在教学中善于把知识的传授和文化的传播结合起来。教师自己应该是一个有文化底蕴的人，不论他教什么课，都能把文化底蕴带入所传授的知识中。事实上，一个没有文化底蕴的教师，他讲课一定是单调刻板的，在知识的传授上也效果甚差。在这方面，学生是最公正的裁判，他们本能地喜爱有激情和想象力的老师，讨厌照本宣科的教书匠。你自己充满对精神事物的热情，才能在学生身上点燃同样的热情。

5.传承高贵的两个圣殿

有两个传承高贵的圣殿，一是优秀教师的课堂，二是摆满大师作品的图书馆。那些伟大的书籍记录了人类精神追求的传统，通过阅读它们，你就进入了这个传统。所以，一所好的学校，第一要有一批好的教师；第二要给学生留出自由时间，鼓励和引导高质量的课外阅读。其实这两点是互相联系的，一批好教师往往能带出良好的阅读风气，而唯应试是务的学校就必然剥夺学生的自由时间。对于学生来说，后一种情况是灾难，这种灾难在今天已呈普遍之势。倘若有聪明的学生来问我怎么办，我只能说，没有人能够真正阻止你去读那些伟大的书籍，而你一旦从中领悟了高贵的魅力和价值，就会明白一切代价都是值得付出的。

6.教师应该是真正的“读书人”

如果说少年时期是养成读书习惯和品位的关键时期，那么，能否让足够多的学生拥有青春期的阅读，教师是关键。教师自己首先应该是爱读书、会读书的人，是真正的“读书人”，才能在学校里形成一种风气，把学生也熏染成爱读书、会读书的“读书人”。

7.让学生感受到知识的魅力

在教学方法上，我认为最重要的是要让学生感受到知识的魅力，使之对你所教的这门课发生兴趣。兴趣是学习的前提，没有兴趣，就只好靠灌输，其效果如何，当教师的都很清楚。一个学生对某一门课能否发生兴趣，取决于两个因素，一是这个学生的天赋类型，二是任课教师的教学水平。一个好的教师不可能使每个学生都对自己所教的这门课产生强烈兴趣，但可以做到使天赋类型适合的学生产生强烈兴趣，而使多数学生产生一般兴趣。

8.中学教师要具备两个能力

鉴于基础教育的特点，中学教师应该具备两个重要能力。其一，基础课程横跨文理，科目多，知识量大，因此，中学教师特别要讲究教学艺术，寻求效率的最大化。对于所任的课程，他要善于精选学生必须精确而牢固地掌握的关键内容，把这些内容真正讲透，因而不必勉强学生去熟记许多次要的东西。这样的教学既能节省学生的精力，又容易引发学生的兴趣。当然，要取得这样的效果不能单凭方法，教师自己必须相当精通所任的课程，对基本原理能够融会贯通，举一反三。其二，中学教育实质上是通识教育，因此，中学教师应该是一个通识之才，一个某种程度上的“杂家”，有广阔的知识面，这样才能够触类旁通，把所任的课程教得生动活泼，趣味十足。

9.好教师的责任和本事

任何体制都不可能把个人的相对自由完全扼杀掉，一个好的教师要善于拓展和运用这个自由，戴着镣铐把舞跳得最好。在当今体制下，一个好教师的责任和本事就在于，一方面帮助学生用最少的时间、最有效的方法对付应试，另一方面最大限度地拓展素质教育的空间。这是可以做到的，当然，前提是教师有水平并且肯用心。即使在正常的学习中，教师也应该善于确定知识中必须牢固掌握的要点，避免让学生在次要的细节上耗费大量精力，水平之高低于此立见。可以断定，如果学生牢固掌握了知识的要点，在应试中也不会差到哪里去。现在许多教师仅靠逼迫学生做大量作业来对付应试，其实是最笨也是最偷懒的办法，说到底还是水平低并且不负责任。

10.良心的评判高于体制的评判

应试体制的硬指标具有迫使教师和学生就范的巨大威力，但是，任何体制都不可能把个人的相对自由完全扼杀掉。同样的体制下，是积极贯彻并以此为己牟利，还是认清并力争减轻其弊端，不同的态度会导致不同的结果。一个好教师的责任和本事在于，一方面帮助学生用最少的时间、最有效的方法对付应试，另一方面最大限度地拓展素质教育的空间。当然，这是一个很高的要求，这样做的教师在现行体制中很可能会吃力不讨好。没有办法，许多时候我们只能凭良心做事，不计个人得失。要有一个信念：良心的评判高于体制的评判。

11.好校长在今天的责任

一个好校长在今天所能做的最好的事，就是让学生对弊端怀有警觉，保持内在的自由，同时在教育实践中最大限度地减轻弊端的危害，为学生拓宽外在的自由。

12.是校长，还是厂长、监狱长?

一个学校有一个好校长，带动一批好教师，就一定会是好学校。所以，如果学校办得不好，首先要问责校长。有人说：今天的许多校长其实不是校长，而是厂长，甚至是监狱长。的确如此，在今天的应试体制下，把学生当作无个性的产品来批量生产，当作无人格的囚犯来封闭式管理，这样的学校还少吗?

13.家有小学生

今天有小学生在读的家庭，家长几乎都必须承担起辅导孩子做作业的重负。原因有二，一是作业太多，二是老师把辅导的工作转嫁给了家长。以前何尝有过这种事？

论语文教学

1.语文教学的功能

语文教学有两个功能，第一个功能是良好的母语训练，第二个功能是人文素质的提高。就语文教学的本义来说，前者是基本的，后者从属于前者并通过前者而实现。语文教学应该引导学生通过阅读最好的母语作品，对母语产生热爱之情和敬畏之心，同时学会正确地读、想、写。

因此，在教材的选择上，标准有二，一是语言艺术，二是人文内涵。现在的语文教学在这两方面都有很大的欠缺。

2.母语是文化母乳

教育是心智成长的过程，而母语是心智成长最重要的环境之一。母语就好比文化母乳，我们在母语的滋养下学会了思考、表达和交流。虽然后续教育有不同领域和学科之分，但一切教育的基本要求是正确地读、想和写，而这种正确性正是通过良好的母语训练打下基础的。认真对待语言，力求准确地使用每一个词，这不仅是为了避免他人的误解，更是对待心智生活的严肃态度。不能想象，一个对写给别人看的文字极其马虎的人，自己思考时会非常认真。事实上，这种马虎恰恰暴露了他自己也不在乎所要传达的东西。相反，凡是呕心沥血于精神劳动的人，因为珍惜劳动成果，在传达时对文字往往都近乎怀有一种洁癖。

3.语言是教养的基本功

如果说文化是一种教养，那么，语言就是教养的基本功，教养上的缺陷必定会在语言上体现出来。一个语言粗鄙的人，我们会立刻断定他没文化。一个语言华而不实的人，我们也可以立刻断定他伪文化。举止上的高贵风度来自平时最一丝不苟的训练和自我训练，语言上的良好作风也是如此。不用说写公开发表的文章，哪怕是只写给某一个人看的信，只给自己看的日记，都讲究用词和语法的正确，文风的端正，不肯留下一个不修边幅的句子，如此持之以恒，良好的文字习惯就化作本能了，而这便是文字上的教养，因为教养无非是化作本能的良好习惯罢了。

4.爱母语就是爱国

在一定意义上可以说，爱母语就是爱国。这是因为语言是一个民族之为民族的基本特征，语言亡则民族亡。这也是因为母语是一个民族最重要的精神纽带，其中承载着本民族的文化传统和现实生活样态。正因为如此，一个受过良好母语训练的人，无论走到世界的什么地方，他在文化上是有根的，他都会有作为中国人的民族意识和自豪感。相反，一个不会说母语的华裔，在文化的意义上就不是一个中国人。

5.当今语文教学的弊病

当今语文教学弊病甚多，举其要者，一是技术主义，课文分析则武断地概括所谓主题思想、段落大意，作文则强求所谓遣词造句、谋篇构局。二是道德主义，所谓“先做人，后作文”，而把“做人”局限为做“道德的人”。在道德主义的逼迫下，假大空已成学生作文的通病。写假话甚至是一种硬性要求。在这样的语文教学中，既没有好的文字，又没有真实的“我”、真实的生命和心灵，遑论相互照亮。

6.今日作文教学的弊病

小学和中学都有语文课，语文课上都教学生写作文。是为了培养作家吗？当然不是，绝大多数学生将来是从事其他各种不同职业的。在基础教育阶段之所以都要学习写作，目的不在写作本身，而是为了培养真实感受、独立思考和诚实表达的能力，这种能力是一个人整体文化素质的基础和不可缺少的组成部分。

今日学校里作文教学有两大弊病。一是造假，诱导甚至逼迫学生伪造标语口号式的经历和感受。二是媚俗，鼓励甚至要求学生用搜集来的华丽词句——所谓好词好句——表达那些伪造的经历和感受。无论是内容，还是形式，都是假的、空的、千人一面的，以此败坏了学生真实感受、独立思考和诚实表达的能力，恰恰起了相反的作用。

7.警惕新闻审美趣味

网络语文的繁荣极大地拓宽了写作普及的范围和发表自由的空间，诚然是好事，但也因此更应该警惕尼采所说的“新闻审美趣味”的蔓延。网络语文往往是急就章，因此可能导致两个后果，一是内容上的浅薄，缺乏酝酿和积累，成为即兴发泄和时尚狂欢的娱乐场；二是语言上的粗率，容易滋生马虎对待母语的习气，成为错别字和语病的重灾区。内容浅薄，语言粗率，这正是“新闻审美趣味”的两大特征，所以尼采说它“野蛮”。

当然，语言是约定俗成的，必然会在使用中发展、更新。我丝毫不反对语言上的创新，但是，第一，创新必须是合乎母语本身规律的，一个词的新的用法，一个句子的新的组织法，应该是对原有词法和句法的推陈出新，而非凭空生造；第二，创新能否被接受成为新的约定俗成，有待于时间的检验。有一点可以肯定，创新的前提是敬畏母语，因而对母语十分用心，有敏锐而细腻的感觉，那种哗众取宠的起哄式的所谓“创新”是闹剧，今天一哄而起，明天就会一哄而散。

父母怎样对孩子负责

1.家庭环境对孩子成长的影响

家庭环境对孩子成长有巨大影响，在我看来，最重要影响有二。其一，如果父母相爱，家庭和睦，孩子在爱和快乐的氛围里度过童年，他的人生就有温暖明亮的底色，可保心理健康，情商良好。其二，如果父母自身素质比较高，给孩子以心智上的熏陶，同时有一个相对自由宽松的童年，可保人格健康，心智发育良好。

2.父母怎样对孩子的将来负责

做父母的当然要对孩子的将来负责，但只能负起作为凡人的责任，其中最重要的，就是悉心培养正确的人生观和乐观坚毅的性格，使他具备依靠自己争取幸福和承受苦难的能力，不管将来的命运如何，都能以适当的态度面对。至于孩子将来的命运究竟如何，可能遭遇什么，做父母的既然无法把握，就只好不去管它，因为那是上帝的权能。

一个孩子如果他现在的状态对头，就没有必要为他的将来瞎操心了。如果不对头，操心也没用。而且，往往正是由于为他的将来操心得太多、太细、太具体，他现在的状态就不对头了。

3.糊涂的雄心

现在做父母的似乎都有一个雄心，要亲手安排好孩子的整个未来，从入学、升学到工作、出国，从买房、买车到结婚、生子，皆未雨绸缪，为之预筹资金，乃至亲自上阵拼搏，觉得这样才是尽了责任。我想提醒你们的是：孩子的未来岂是你们决定得了的？他的未来，一半掌握在上帝手里，即他的外在遭遇；另一半掌握在他自己手里，即他应对外在遭遇的心态和能力。对于前一半，你们完全无能为力，只能为他祈祷。对于后一半，你们倒是可以起很大作用的，就是给他以正确的教育，使他在心智上真正优秀，从而既能自己去争取幸福，又能承受人生必有的苦难。倘若你们不在这方面下功夫，结果培养出了一个心智上的弱者，则我可断定，有朝一日你们必定会发现，你们现在为他的苦心经营全都是白费力气。

4.家长怎样对待应试教育

我认为，在现行应试教育体制下，好的家庭教育对于学校教育应该起到两个作用。一是给素质教育加分，以弥补学校里素质教育的缺失。这当然要求家长自身具备较高的素质，从而能够在课外阅读、兴趣培养、艺术熏陶等方面给孩子以影响和指导。二是给应试教育减负，以保护孩子的身心健康。孩子已经承受了巨大的功课压力，家长至少不应该再加压，在课外给孩子加上各种培训班、补课班的重负。家长自己能以平常心看待孩子的应试成绩，也会使孩子在心理上轻松不少。相反，家长的紧张心理和苛责行为往往是笼罩在孩子心灵上的最浓重的阴影，是导致孩子痛苦乃至崩溃的直接原因。

5.在心理上给孩子减压

在应试体制下，孩子身心承受巨大的压力，家长不但不应该再加压，而且至少要在心理上给孩子减压。我就是这样做的。每次考试前，我都会对女儿说："考咋样就咋样，考砸了也没关系。"她在全年级的排名基本上是二三十名，我就跟她约定，保持这个水平就行了。有一次期末考试，她考了个年级总分第一，我批评她说："怎么违背了约定？下不为例。"她知道我一向不看重考分，她的心态因此也从容淡定。

6.怎样教孩子处世做人

孩子幼小时，一直生活在父母羽翼的庇护之下，自由自在，无忧无虑。上小学后，情况大变，一下子进入了某种带有强制性的秩序之中，以及某种相对陌生的人际关系之中。他会遭遇许多矛盾，他的极其有限的经验完全不足以对付，因而疑惑丛生。事实上，他已经开始面对如何处世做人这个大问题了。细究起来，最基本的矛盾是个人自由和社会规则之间的矛盾，而这正是贯穿人类社会经济、政治、法律、道德领域的核心问题。在这个问题上，最困难的是如何把握好二者的度，各个学派对此亦是众说纷纭。对于个人来说，个性与社会性的冲突也是贯穿终生的，而儿童时期是其肇始，打下一个正确解决的基础是特别重要的。怎样让孩子既能自由成长，又能适应社会，这同样是令父母们苦恼的问题。我想强调的是，父母在引导孩子思考这类问题时，也要把握好度，不可把孩子教育成小绵羊，盲目服从社会的成规。正确的目标是，让孩子既能明白公共生活的若干基本准则，培养自制、友爱、仁慈等美德，又能学会分析复杂的社会现象，坚持独立思考，培养自信、勇敢、正义等美德。

7.渐行渐远

女儿上高中，住校了，家里冷清了不少。想起我也是高中住校，大学异地，离父母渐行渐远，越来越自己走人生之路了。那么，现在让我接受同样的事实吧。孩子只是暂时寄养在父母这里的，送行的一天必将到来，你会惦念，但不能同行。孩子必将自己走人生之路，你可祝福，但无法支配。

8.做好监护人即可安心

做父母的要明白，无论多么心肝宝贝，孩子也只是暂时寄养在你们这里的，你们只能做孩子的暂时监护人。我不只是指孩子迟早会长大，独立地走自己的人生之路，送行的一天必将到来，你们再舍不得也不可能与之同行。我的意思比这深刻得多。父母所生的只是孩子的身体，而非灵魂，我相信灵魂必定另有来源，而这来源决定了它在人世间的走向。由此可以解释，不管父母多么精心地设计和运作，孩子的未来并不听从你们的安排，往往还使你们大吃一惊。所以，父母的职责是做好监护人，给孩子身心成长一个好的环境，做到了这一点即可安心。至于孩子将来终于走了一条怎样的路，那不是你们能支配的，荣耀不是你们的功劳，黯淡不是你们的过错。

读书的收获

1.青春期的阅读

青春期是人生最美妙的时期。恋爱是青春期最美妙的事情。我说的恋爱是广义的，不只是对异性的憧憬和眷恋，随着春心萌动，少男少女对世界和人生都是一种恋爱的心情，眼中的一切都闪放着诱人的光芒。在这样的心情中，一个人有幸接触到书的世界，就有了青春期最美妙的恋爱——青春期的阅读。

青春期的阅读真正具有恋爱的性质，那样纯洁而痴迷。书的世界里，一本本尚未翻开的书，犹如一张张陌生女郎的谜样面影，引人遐想，招人赏析。每翻开一本新书，心中期待的是一次新的奇遇、一场新的销魂。人的一生中，以后再不会有如此纯洁而痴迷的阅读了，成年人的阅读几乎不可避免地被功利、事务、疲劳损害。

2.养成阅读习惯的关键期

一个人在青春期是否有过充满激情的阅读经验，这一点至关重要，其深远的影响必定会在后来的人生中显示出来。青春期是精神生长的关键期，也是养成阅读习惯的关键期，二者之间有着内在的联系。通过青春期的阅读，一个人真正发现的是人类的一个丰富多彩的精神生活世界，品尝到了在这个世界里漫游的快乐。从此以后，这个世界在他的人生地图上就有了牢不可破的位置，会不断地向他发出召唤。相反，有些人在学生时代只把力气用在功课和考试上，毫无自主阅读的兴趣，那结果是什么，你们看一看那些走出校门后不再读书的人就知道了。

3.为一辈子的读书打好基础

学习是一辈子的事情。事实上，在我迄今所读的书中，当学生时读的只占很小一部分，绝大部分是在走出校门后读的。我相信，其他爱读书的人一定也是如此。我还相信，他们基本上也是在年少时代为一辈子的读书打下了基础。这个基础，一是产生了强烈而持久的阅读兴趣，二是形成了自己的阅读眼光和品位。

4.课外阅读的意义

看一个学生的心智素质好不好，我就看他是否具备了两种能力，一是快乐学习的能力，二是自主学习的能力。简言之，就是喜欢学习和善于自学。这样的能力，一方面，诚然也可以体现在功课上，比如探索出一套有效的方法，能够比较轻松地对付考试。但是，另一方面，我认为更重要的是体现在课外阅读上，课外阅读是学生个性和禀赋自由发展的主要空间，素质优秀的学生一定不会舍弃这个空间。我由此得出了一个衡量学生素质的简明尺度，就是看课外阅读在他的全部学习中所占的比重有多大。一个爱读书、会读书的学生，即使功课稍差，他将来的作为定能超过那种功课全优但毫无自主阅读兴趣的学生。同样，衡量一所学校的教育水准，我也要看是否有浓厚的阅读风气，爱读书、会读书的学生占的比重有多大。

5.阅读提升精神素质

人的精神属性可以相对地分为智力、道德、情感，与此相应，素质教育可分为智育、德育、美育，而阅读好书则是提升这三种精神素质、进行这三种教育的最佳途径。第一类是哲学、教育学、心理学等理论著作，阅读这类书籍的目的是培育思想尊严，拥有追求真理的勇气和独立思考的能力。第二类是伟人和优秀人物的传记，阅读这类书籍的目的是培育爱心、良心、社会责任心，做一个有道德、有信仰的人。第三类是文学作品，阅读这类书籍的目的是培育诗意和创造情怀，拥有丰富的感受力和想象力。

6.阅读可以养生

阅读不但可以养心，而且可以养生，使人心宽体健。人的身体在很大程度上受心灵支配，忧虑往往致病，心态好是最好的养生。爱阅读的人，内心充实宁静，不易陷入令人烦恼焦虑的世事纷争之中。大学者中多寿星，原因就在于此。

阅读还可以救生，为人解惑消灾。人遇事之所以想不开，寻短见，是因为坐井观天，心胸狭窄。爱阅读的人，眼界开阔，一览众山小，比较容易超脱人生中一时一地的困境。

阅读甚至可以优生，助人教子育人。父母爱阅读，会在家庭中形成良好的文化氛围，对子女产生不教之教的熏陶作用。相反，父母自己不读书，却逼迫孩子用功，一定事倍功半。

7.人与人的差距令人震惊

读精神伟人的著作，看艺术天才的创造，我知道了人所能达到的高度，于是为自己生而为人类感到幸运和荣耀。

可是，走在街上，看见那些在路边玩牌和喧哗的人，那些开着车使劲按喇叭的人，看见那么多空虚的脸，我不禁想：难道他们也是人类?

人与人之间的差距如此之大，这一点常常使我感到震惊。

8.读书的两种收获

读书的收获有两种。一是通过读书知道了自己原来没有当然也就不知道的东西，这样收获到的东西叫知识。二是通过读书发现了自己原来已经有但没有意识到的东西，这些东西是自己感悟到的，但好像一直沉睡着，现在被唤醒了、激活了，因此获得了生长、开花、结果的机会。这样收获到的东西，我称之为智慧。

9.阅读怎么改变命运

人们常说：阅读改变命运。在我看来，此话可有两种含义。其一，读那些所谓“有用的书”，也就是接受正规教育，获取专业知识，这样可以改变你的外在命运，改变你在社会上的地位。其二，读那些所谓“无用的书”，那些哲学、宗教、人文方面的书籍，未必能改变你的外在命运，但能改变你的内心世界，使你拥有智慧、信仰、丰富的心灵生活，拥有一个强健的灵魂，因此也就改变了你与外在命运的关系，从而在精神上立于不败之地。我认为后一种改变是更可靠也更重要的。

10.读无用的书，做有梦的人

读无用的书，做有梦的人。这是我给一家民营书店的题词。书分有用和无用，有用的书关乎生计，无用的书关乎心灵。人分有梦和无梦，无梦的人是生计的奴仆，有梦的人是心灵的富翁。无梦的人生是乏味的，与无梦的人相处也是乏味的。人生在世，生计之外，还是得讲究个味。

11.书籍的价值

叔本华说：期望一个人记住他读过的全部书籍，恰如期望他能在体内储存他吃过的全部食物。这个比方打得有些极端，因为在事实上，无论谁都不可能，即使可能也不愿意在体内储存吃过的全部食物。但是，世上确实有过目不忘、满腹诗书的记忆天才。我相信，叔本华的意思应该是：有形的知识不重要，书籍的价值仅在于提供精神营养，而精神营养是无形的，因为它倘若真正起了作用，就必定已化为了你的血肉。

12.精神地图

读万卷书，行万里路。其实读书也是一种行路，是行走在人类精神的世界里。我就是这样的一个旅行者，阅读是我在勘测人类精神世界的地图。

13.阅读过程的快乐

藏书多当然不等于博学。如果拥有书籍，不必读它们，就能占有其中的知识，那该多么省力。我要立即补充一句：那该多么没意思。可见阅读本身是莫大的快乐，如果取消了阅读过程中的理解、思考、质疑、感悟等等，质言之，取消了自己心智的积极参与，那客观呈现的知识对于你就无甚价值了。

读经典就像回家

1.人生不可缺的两个朋友

人生不能没有朋友。在一切朋友中，有两个朋友是最不可缺的。一个朋友就是你自己，是你身上的那个更高的自我。每个人身上都有一个更高的自我，哲学家称之为理性，基督教称之为灵魂，佛教称之为佛性，但它常常是沉睡着的，你要去把它唤醒。为了使这个更高的自我变得丰富而强大，你还必须有另一个朋友，就是那些好书，活在好书里的那些伟大的灵魂。

2.大师和偶像

过去出大师，今天出偶像。但大师并未成为过去，而是永远活在他们的作品中，活在文化的传承中。偶像则依附于时尚而昙花一现。

我给自己的定位：大师的学生。我当然不是大师，但也不是偶像，做大师的学生，这是我的最大幸运和光荣。

寄语今日青年：要做大师的学生，不做偶像的粉丝。唯有如此，你们才能超越时尚，进入文化。

3.站在巨人的肩膀上

人类历史上有过许多精神巨人，他们高瞻远瞩，各人依凭自己的心性看见了不同的奇异风景。我们不是巨人，但何妨站到巨人的肩膀上，去欣赏一下他们眼中的那奇异的风景。我们不是伟大的人，但何妨阅读伟大的著作，去体会一下人的伟大可以达到何种高度。是的，读经典就是站在巨人的肩膀上的最直接、最现成的方式。

4.成为人性意义上的高贵者

人们常说站在巨人的肩膀上，依我看，读大师的书是站在巨人肩膀上最方便的法子。事实上，每一位大师正是站在前辈大师的肩膀上，才成为大师的。当然，我们多半成不了大师，而只是来人间走一趟的千亿卑微生灵之一员。但是，人的高贵在于拥有思考真的头脑，体验美的心灵，追求善的灵魂，在大师们的熏陶下，我们知道了人可以达到的高度，人生有了精神目标，卑微者就能成为人性意义上的高贵者。

5.文化上的绿色食品

经典作品是最接近自然的文化制品。这首先是因为，作者自己是大自然所诞生的健康的生灵，因此对事物有饱满而真实的感受，他只需把这感受如实地表达出来就可以了。用食品作譬，他采用的是天然原料，没有化肥和农药的污染，没有添加剂，制作出来的是真正的绿色食品。

在食品卫生状况恶劣的今天，你也许无处寻觅令口腹放心的物质上的绿色食品了，但是，令心灵放心的精神上的绿色食品就在那里，你为何不去享用，却甘愿受营养贫乏、添加剂泛滥的文化快餐的毒害呢？

6.读经典就像回家

卡尔维诺谈经典的两句话，我觉得也说出了我读经典的感觉。一是初读就像是重温。人文经典所探究、叙述的主题，无非是人性和人生，我对之有自己的体验和思考，因此并不陌生。二是重温就像是初读。大师毕竟是大师，所展现的精神世界丰富而深邃，因此常温常新。结合这两种感觉，我觉得读经典就像是回到了我久违的真正的家，既似曾相识，又不断有意外的发现和惊喜。其实，这个家就是人类共同的精神故乡，而经典则是带领我们回家的向导。

7.直接跟随精神大师

E.M.福斯特说：我认为唯一能影响我们的书籍，是那些我们已为之做好准备、在我们正在行走的道路上比我们走得略微远一些的书籍。很准确。不过，这只是说明，你必须增加自己的精神积累，而绝不是去读平庸书籍的理由。那些平庸书籍不在你应该行走的道路上，谈不上走得远近的问题。我仍然认为，一个立志走精神上升之路的人，与其跟随二三流作者，不如直接跟随精神大师，有一天你会发现，虽然你始终只能望见其背影，但你已经把那些二三流作者远远甩在后面了。

8.怎么打读经典的基础

我主张读书的起点要高，直接从大师的经典作品开始。有人问：读经典必须有一定的基础，现在基础太差，怎么打这个基础？我的回答是：读经典的基础也是通过读经典来打的。经典的共同之处是有很高的含金量，但它们在文字表达上也有深浅难易之别，你可以由浅入深、从易到难、循序渐进，这本身就是一个逐步打基础的过程。相反，如果你总是读那些平庸的书，即那些没有含金量的书，就永远不可能学会识别和欣赏金子，永远不可能具备读经典的基础，只会离经典越来越远。

9.最忠贞的关系

我相信，我这个年龄段的人里面，许多人对经典心怀感激。读书基本上是我的生活，同时也是我的职业，而我所读之书基本上是经典。可以毫不夸张地说，经典是我一生的陪伴，是我在人世间最可称为忠贞的一种关系。

我曾戏言说我只读死人书。说说理由吧：一、历史上有大师辈出的时代，而现在不是；二、在两千多年积累的精华中选择，当然胜于在几十年乃至几年的流水中打捞。

10.火种不会熄灭

经典之为经典，就在于其中凝聚了对人类基本境况的观察和思考，因而具有永恒的价值。现在社会上急功近利的风气和网络媒介的强势对于阅读经典的确造成了巨大冲击，我认为是很可悲的。不过，事实上，经典作品仍在源源不断地出版，证明它们仍拥有基本的读者群，火种仍在传承，绝不会熄灭。

11.充实和遗憾

自古以来，中外大师们创造了无数优秀作品。想到有这么多的精神美食等着我去品尝，我就感到无比充实，想到毕其一生只能品尝其中的一小部分，我又感到无比遗憾。

12.这本书早已存在

我一直想写、许多人也希望我写的这本书，其实它早已存在，我翻开历史上每一位智者和觉者的书时都看见了它。

13.我的作用是把读者引到经典面前

至于我自己的作品，我不关心它们明天会怎样，今天拥有众多读者就可以了。我从来不认为我的作品有传世的价值，因此也绝不追求这个目标。我一再说，我的作用仅在于把读者引到经典作品面前，我不会无知和自信到认为我的作品能成为经典。我二十多年前的作品现在仍有许多人喜欢读，这个情况已经大大超过我的期望了，为此我既感到满意，又感到惭愧。

文学艺术片言

1.文学作品的价值

文学首先是语言的艺术，其次是精神的表达，最后才是讲故事。作品的价值可以按此顺序来衡量。

2.现代艺术

对于传统艺术来说，艺术只是再现外在生活的手段，现代艺术则要回归艺术本身。例如，现代舞回归肢体动作本身，现代绘画回归色彩和线条本身，皆具抽象性。没有内涵吗？应该有，就是要表现生命和灵魂的本真状态。

3.生命和灵魂的直通道

艺术是生命和灵魂之间的直通道，由生命激情直接升华为精神自由。

4.梦和醉

梦和醉都是与神秘本体（天、神、命、存在、前世、来世）沟通的手段。人在梦中见真相，醉中吐真言。

5.舞蹈

舞蹈是人以神的方式行走，在规则中诠释自由。

6.影响不是目标

一个好的作家并不把影响读者当作自己的目标，他通过作品探究人生、思考社会，贯穿于其中的精神力、价值观自会对读者产生影响。

7.晦涩的原因

应该尽量写自己真正感受到和想明白的东西。除去那些非常专业的著作，有些人的文章之所以晦涩难懂，一个重要的原因是他们在写自己没有感受到和想明白的东西。

8.诚实的作家

我最喜爱的法国作家是蒙田和圣埃克絮佩里，因为我喜欢诚实，不管它化装成一个狡黠的乡绅，还是一个忧郁的圣徒。

小杂感

1

在中国生活，我强烈地感觉自己是一个世界人。在世界旅行，我强烈地感觉自己是一个中国人。

2

中国是一个历史意识强烈的民族。自古至今，除官方修史外，政治家也多有写日记的习惯。这是一个好传统。

3

路上迎面走来的人有年轻有年老，有美有丑。我神游天外，忽然觉得所有的人都没有了年龄和美丑，都是朝生暮死的可怜生物。这是一个天神的目光。

4

炎夏，到肉铺走一走，闻一闻从那些挂着和摊着的死肉上散发出的腥腻气味，你就会成为一个素食者。

5

物也需要管理，比如分类存放等，以便需要时能够找到，否则皆成废物。

6

爱情是化学反应。同一个人与不同的异性会有不同的化学反应。

两本书的网上互动

2014年六七月间，长江文艺出版社出版了我的讲演录《幸福的哲学》《人文精神的哲学思考》，为此开通我与读者的网上互动。以下是读者的留言和我的点评。

1

留言：从不喜欢心灵鸡汤，但哲学绝非鸡汤，它的沉思让人知道自己的位置、心灵的方向。今日休息，但京东大哥来电说我的书到了，还是迫不及待跑到办公室取回，然后在阴雨相伴的午后读其蕴含的哲思之美。

点评：鸡汤比白开水好，多少有点儿营养和鲜味。“心灵鸡汤”成贬义词，是指那种小感悟加小情调式的小散文，给人以似是而非的小满足。是的，“哲学绝非鸡汤”，它不让你满足，反是要让你警醒，直面人生的疑惑，通过独立思考来寻求答案。

2

留言：新书不大新，国平先生就以往讲座产生一些新的思考。人文精神对于还是一名高三学生的我来说有些深奥，这使即将进入18岁的我有了对人生的初步思考，也解开了平常的一些疑惑。以后面对的种种事情无法预知，但我相信能在未知之下感到已知的幸福。

点评：《幸福的哲学》真的是一本新书，每一篇讲演都是我去年才整理出来的，不曾发表过。当然，所思考的问题是老问题，是人类千百年一直在思考的问题，如果你在其中能够发现我有一些新的思考，我觉得就不枉写此书了。

3

留言：这几十年来，学哲学的愈来愈少，好像哲学成了玄学。但周先生仍然耕耘在这里，不离不弃。从妞妞到宝贝，一路走来，看到周先生的幸福和收获，甚好。谢谢周先生给我们幸福的指引。

点评：以哲学为专业的人不必多，宜少而精，但愿喜欢哲学的人——爱智慧的人——越多越好。

4

留言：谈心久了认识就新了，才发现没有了上帝的我们终究是孤独的，世界因它的缤纷而失去了对一切的秩序。我们追求神圣却被外界掣肘。

点评：上帝的唯一居所是信者的心。心中有上帝，心外便无能够掣肘之物，你会发现你已置身于一个自由的精神王国。

5

留言：记得读到周国平先生的第一句话是“如果我是一个从前的哲人，来到今天的世界，我会最怀念什么？善良、丰富、高贵”。于是，从高二读到大二，并且一直继续。赞赏先生的人生哲学，恬淡处世，安静安心。

点评：一颗空虚的心是安静不下来的，安心的前提是这颗心足够富有，使得浮世的名利不再能诱惑你，因为你拥有的是好得多的东西。

6

留言：看了周老的书，虽然还没看完，但是已经被里面的安稳幸福感染。在大学里，看这样的书真的受益良多。人嘛，一生活给自己看，在不伤害别人的基础上，自己活得舒坦就好。简单才会专注，专注才容易幸福。

点评：对，简单一点。良知、直觉、常识都是简单的，但比观念、推理、宣传更接近真理，更能成就人生的幸福。

7

留言：这两本书才开始读，由于是演讲录所以比起周老师早期的散文作品更加口语化了一些。采用很多对话交流的方式让人读起来更有兴趣，对于书中很多读者的提问也能感同身受。阐述更加接地气，感觉很好。

点评：你的感觉是对的。讲演录中的互动部分，我也觉得比较有意思，听众的有些提问很现实，具有普遍性，促进了我的思考，也会对别人有启发。可惜受篇幅限制，我只选了一小部分，很想以后出一本互动大全。

8

留言：究竟智慧重要还是人生重要呢？寻求人生的智慧，到最后反而用它来否定人生，这太荒唐了吧。当我要掉进悲观主义深渊时，是周老师把我拉了回来，老师对人生的热爱鼓励着我。我对书中佛教轮回的问题写了一篇体会，我的苦思记录，望老师读一读。

点评：因为人生重要，所以智慧重要，没有智慧，人生就陷于盲目。不过，佛教不等于悲观主义，悲观主义也不等于全盘否定人生。你的读书笔记已阅，用叔本华的意志和表象解释自我意识，有道理。

9

留言：好不容易找到！周老师所讲的道理，不是简单的说教。单纯说教会让人很反感。您总能从另一个角度让我们明白道理，寻觅幸福。很喜欢《偶尔远行》封面的这句话："一个人无论要去什么地方，他的灵魂必须独行，否则他虽然身体到了那地方，也不能说他真正到过了那里。"

点评：我的道理首先是对自己讲的，人不能向自己说教，那太荒谬。不过，真的有人向自己说教，原因是他没有想明白自己的困惑是什么，停留在概念的层面上。

10

留言：《幸福的哲学》一口气看完。感觉"哲学"一直是被人误解的学科。很有幸在周老师的书里找到了很多困扰我的答案。您觉得有必要在小学或初中开展"哲学"的入门学习吗？国内目前在这方面一片空白。

点评：真的一口气看完吗？很佩服你，我做不到。我认为初高中应该开哲学的入门课，但教材必须对头，摘取大哲学家（包括马克思）的经典段落，引导学生独立思考世界和人生的根本问题，包括幸福、道德、信仰、社会、生死等问题。如果教材不对头，只是一些教条，就不开为好，因为教育坏了的比未受教育的离真理更远。

11

留言：《幸福的哲学》中您说人生一个比较幸福的状态是跟自己喜欢的人在一起，做好自己的工作。但现在这个社会逼着很多人放弃自己的兴趣，一味教人“厚黑”“成功”什么的，去抓住所谓“成功机遇”“改变一生”。您怎么看待真正的兴趣和机遇？

点评：你提这个问题，说明你已经知道真正的兴趣和机遇与现在这种急功近利的“厚黑”“成功”完全是两回事。这是一个前提，唯有不受错误时尚的支配，你才能走上寻找自己真正的兴趣的道路。怎样找到？我只能说，你必须让自己成为一个素质优秀的人，才能真正找到，这是一个艰难然而愉快的过程。

12

留言：关于读经典，大多数经典要么篇幅厚重、要么文字深奥。您认为读经典可以不求甚解，可若此何来理解与共鸣？连读完的耐心都没有。读经典前读者是否需要做功课？我喜欢好的导读指引，为何您不赞同二手书？走进经典真不容易。

点评：打一个比方，你去某地旅游，是跟着旅行社走马观花，一路听导游牵强附会地解说好，还是自己主动搜集相关资料，深入这个地方进行考察好？我强调的是主动性，要做功课，但必须带着问题做，可以参考二手书，但目的是经典本身，不能停留在二手书上面。

13

留言：我最欣赏周老师的是哲学第一、思考第二、文学第三，因为我自己也最爱哲学、思考、文学。我一直以来想，喜欢哲学的人是否肯定是个好人？至少不会是个坏人吧？这个问题或者很幼稚，但周老师好像没有说过答案。

点评：我说过的，关于智慧与美德的关系，人生觉悟与道德的关系，就是对这个问题的回答。《幸福的哲学》中有，你自己去看。

14

留言：还记得最初看到您的文字：记住回家的路，世界无限广阔，诱惑永无止境，然而，属于每一个人的现实可能性终究是有限的……它们和我书柜里收藏的您的15本书里的文字一样，深深地温暖着我，指引着我。也是在每次阅读中，这些思想无声无息地影响着我。谢谢您，周老师！

点评：我也要谢谢您。你开头引的话，后面的表达，都使我相信，你对我的书是真正读进去了。

15

留言：“对于未曾在沉默中面对过相同问题的人来说，再深刻的哲理也只是一些套话。”一切深刻的体验一定都是由此及彼地理解了内在的孤独。可是在逆境来袭时，需要怎样的修为才能够平静地面对沉默？

点评：既然“由此及彼地理解了内在的孤独”，就已然平静，就已是修为。否则，才理解不了呢。

16

留言：人终有一死，最长一百年就是一个生命的全部长度，几个世纪中它就是弹指一挥间，上下五千年里，它就是很小的一个点，而在宇宙起源到现在，它连一个微小到再微小的小点都算不上。一旦死亡，我们便不会存在，人生的意义究竟在哪里？只是存在过吗？

点评：千古之惑。德国谚语说：只活一次，等于一次也没有活。所以，人类才必须有哲学的思考和宗教的信仰，它们产生的动机都是为了解决这个千古之惑，让自己相信人生是有意义的，相信一个与上述德国谚语相反的命题：只要活过一次，就等于永远活着了。我也在努力让自己相信，否则怎么活得下去呢？

17

留言：前天我才得知竟有这么一次珍贵的与你互动的机会，于是赶紧购入你的两本新书，还没细读，现已迫不及待地想写信给你了，主要结合你以前的作品谈谈我的感受（见长信）。此刻等待你的回复的心情，有点像你下放农村劳动时盼望郭沫若的来信一样。

点评：我读了你的长信，写得很好，是我在这次互动中看到的最有内容的反馈。你是认真读了我的作品的，所做评论真诚而有见地，不谬赞，不讳短，对我很有触动。我非常感谢你。

18

留言：这两本书非常好读好看，没有华丽辞藻，没有故作深沉的叙述，文字平易好懂，却让我不停地随文思考。一个幸福的人，需要坚持做自己，而不是随大流。坚持做自己就意味着要对社会上很多东西说“不”，但什么才是真正说“不”？是感性一点？还是理性一点？

点评：说“不”的前提是你内心中有你坚信的“是”，有你的清晰而坚定的价值观，这样你就会自然而然拒绝那些违背你的价值观的东西。说“不”不是一种姿态，最高境界是连“不”也不说，走你自己的路就是了。

19

留言：之前很少接触哲学类的图书，但《幸福的哲学》确实可以让我入门啊，对很多概念有了清晰的认识。周国平老师的书确实给我和大师之间搭建了一座桥梁。您书里说人要“心地善良、心灵丰富、灵魂高贵”。我想知道高贵的灵魂是先天就有的，还是教育出来的？

点评：孟子说：“羞恶之心，义之端也。”“义”，就是做人要有尊严，就是高贵，而它在人性中有萌芽、有基础，就是“羞恶之心”，对做人没有尊严感到羞惭。所以，先天有萌芽，生长和壮大则靠后天，包括教育和自我教育。

20

留言：幸福是一个复杂的话题，关联着身、脑、心这样一个复杂的整体。人生能量化？能重复实验？因而单有科学叙事是不够的，还需要历史叙事和美感叙事，而真正有智慧的学者，会把三种叙事结合起来，把他自己的生命体验和思考更清晰生动地表达出来，让我们得到启发。

点评：最重要的是体验和思考的统一，二者缺一不可。体验是基础，没有自身的体验，思考就只能是空洞的。思考是对体验的整理和升华，没有思考，体验就会停留在零散的素材状态。

21

留言：接触您的文字是上初二阅读课上，同时也是受妈妈的影响。看您的书多了，潜移默化地受到了您的影响。我认为，过好当下每一天，就是最平实的幸福！老师，对吗？

点评：你（还有不少读者）这么早就接触我的文字，我的文字陪伴着你们的成长，这更是我作为作者的莫大幸运。你说得对："过好当下每一天，就是最平实的幸福。"其实这并不容易，许多人往往把"当下每一天"都用在功利战场的拼搏上了，那不算"过好"，因为他们的身心是紧张而疲惫的。所以，前提是有一个好的心态，知道人生中什么最有价值，你到底该要什么。

22

留言：易为外形所扰，常为物质所困，倾听周老历经岁月的哲思，让我砥砺道德、提高精神素养从而平心静气不少。但在高速发展的当今，若不顺应时代潮流不求物质外形食无果腹，如何去追求精神层面，这样的精神追求的意义又究竟何在？

点评："食无果腹"当然难以坚持精神追求，但是，要做到衣食无忧，未必就要"顺应时代潮流"，无止境地追求物质财富。我的经验告诉我，物质上的相对贫困完全不成为精神追求的障碍。不妨把物质的目标定得稍微低一些，你就会发现，你在精神追求上始终拥有很大的空间和自由。

23

留言：周老师，我们从小接受唯物主义教育，科学精神根深蒂固，我看了你说的“信仰危机”后顿时感到莫名的困惑和焦虑，面对盲目、无情的大自然，我们如何才能够拥有信仰？

点评：我首先要指出，科学精神与唯物主义是两回事，它的实质是一种对真理的认真态度，对于任何理论，包括唯物主义，都一定要追问其根据，绝不轻易认同。其次，所谓唯物主义和唯心主义皆是对世界本质的论断，断言其为物质或精神，而这个问题的答案是超出人的经验和理性之范围的，因此，科学精神又表现为对此不做结论，承认它只能由信仰来解决。正因为大自然的盲目和无情，我们才需要信仰，至于你到底信不信，就看各人的造化了。

24

留言：您常常在书中提到思考、独处，可是现在很多人在提倡放空思想的冥想。想知道您对冥想、发呆、放松等的看法。

点评：我没有练过冥想，想象它是一种让心从日常事务、利益、观念、情绪中摆脱出来从而获得宁静的方式，应该有一定效果。但是，如果没有对人生道理的透彻思考，其效果就不可能长久和牢固，回到日常生活中，心又会被扰乱。觉悟是修心的根本，所以，佛教在禅定之外更强调正见和智慧。

25

留言：写日记是每天和自己对话的神圣时刻。一个人如果都懒得和自己说话沟通，那怎么可能是一个有趣的人呢？当我们在人生路上走了很远的时候，日记就是我们的足迹。我相信周国平老师说过的，“任何人，只要能如实地叙述自己人生中刻骨铭心的遭遇和感受，都可以写出一部精彩的自传”。

点评：对，一个人最宝贵的财富是自己的经历，以及在经历中的感受和思考。只要你珍惜（写日记是珍惜的一种方式），你就会发现自己多么富有，并且因此你在别人眼中也成了一道独特的风景。

26

留言：您乐观满足的生活态度与体会幸福的深层含义，让您拥有的不仅仅是年轻的心态，还有您不老的容颜。

点评：承蒙夸奖。我相信心的状态对身体有巨大的作用，心态好是最好的养生。这个心态好不是傻乐，不是盲目地知足，而是要想明白人生的道理，知道人生中什么是重要的，什么是不重要的，从而做到既积极又超脱。

27

留言：这几年“民国范儿”风行一时，王国维、陈寅恪等民国大师成为关注焦点，周老师在书中也很感慨地写到王国维对西方哲学精神的深刻领悟，您怎么看这股民国风？

点评：怀旧成为风尚，说明今天的现实令人失望。其实，民国时期并未产生世界级的大师，所以罗素、杜威、爱因斯坦来华，当年的中国顶尖文人都好不激动。然而，和今天相比，毕竟是人才济济，贤人云集，把今天的文人映照得十分苍白。

28

留言：十几年前，一个小镇上的少年偶然读到您的文章片段，心中留下一个深深的问号，如今读周老师的《幸福的哲学》，很为您多年来对精神生活的坚守所动，同时深感自己生活碌碌、精神惶惑，早已丧失年少时代对读书的热情。想问一下周老师，您有精神惶惑的时候吗？

点评：当然有。精神惶惑不是坏事，说明一个人有精神上的欲望和追求。分两种情况。一是如你所说，意识到生活碌碌、精神生活荒废，因而产生一种警醒。这是转变的契机，你要抓住。二是对重大精神性问题产生疑惑，这是已经走在精神探索之路上的明证。愿你由第一种精神惶惑进入第二种精神惶惑。

29

留言：很多时候，我们需要哲学来指引我们度过种种沟坎，周国平的哲思就常常教会我们从另一种角度看待人生，以自己的意志穿越命定的事件。阅读周国平，寻求一种智慧的人生。

点评：我喜欢你的概括：从另一种角度看人生。看人生是可以有不同的角度的，但是倘若陷在自己的遭遇中，就不能发现和找到这不同的角度。所以，要经常有意识地跳出来，和自己的外部遭遇拉开距离，这正是哲学教给我们的一种方式。至于你在长微博里说的大师们的悲剧命运，不可一概而论，比如歌德就活得很好。

30

留言：周老师，我遇到你之后便开始痛恨自己，痛恨之后又感觉到无比的幸福。痛恨的是自己怎么读到了大学才遇到你，幸福的是在自己心智还未成熟之前终归是遇到了你。偶然拿起了你写的书，那时我并不知道你。到现在，利用暑假在图书馆借到四本你的书，如获至宝。

点评：你把你的心情表述得很真切：恨相见晚，喜相见不太晚。其实，在精神的国度里，相见永远不会太晚。所以，孔子说："朝闻道，夕死可矣。"你的人生刚开始，祝愿你在书籍的世界里不断有这种美好的感受：恨相见晚，喜相见不太晚。

31

留言：周老师，我向来认为潜意识中孤独的素养是高贵的，而刻意求孤独却是无比贫贱，但我想问：它依旧是潜意识的产物吗？

点评：孤独感可以是潜意识中的，也可以是自己意识到的，但这与高贵与否无关。真正要问的是它是否真实。有的人是会扮演孤独的，在别人面前扮演，显示曲高和寡，是做作；在自己面前扮演，享受顾影自怜，也是做作。真实的孤独感绝不会贴上高贵的标签，所感到的是忧伤乃至绝望。

32

留言：理智认知常被强调，人类在灵性和心智上的教育很少，像您说的，我们的教育很狭隘。在现有教育下，我们还会不会再有一颗年轻而敏感的心？我们对这个世界真的不够温柔，而改变需要从情感角度出发。您是怎么看待克里希那穆提的教诲的，能把他放在什么高度？

点评：我们教育的狭隘是全方位的，智力教育限于应试和谋职，心灵、心性、智慧教育几乎没有。不过，我本人对克里希那穆提评价不高，应该去找真正的精神导师，比如佛陀、耶稣、苏格拉底、老子、孔子。

微博拾遗

我的微博大多是一般性的感悟和思考，已整理和归入相关主题。有时也会对具体的事件或情境发表感想，作为拾遗选录在下面。

2010年

铁生走了？这个最坚强、最善良的人，这个永远笑对苦难的人，这个轮椅上的哲人，就这样突然走了？不可能，绝不可能！

我祈祷，我拒绝，我失声恸哭。

在这一瞬间，我清楚地知道，我的世界荒凉了，我失去了人世间最好的兄弟。（12月31日）

2011年

天下父母都知道，孩子生病是最让人揪心的。可是，现在，最让中国父母揪心的却是带孩子看病。花几个小时挂上号和轮到就诊，医生也许只朝孩子看两分钟，就开出一堆单子，然后不理睬你了。居然还有名牌儿童医院规定必须带着孩子挂号，让生病的孩子承受大人也不堪承受的折腾。（1月20日）

孩子最容易感冒发烧，处置一定是输液，中国这个第一输液大国，大部分抗生素是输进了孩子的血管，不知给幼小的身体埋下了怎样的隐患。看一看中国的医院，我无法不对人性感到悲观。（1月20日）

日本大地震，感想万千，最强烈的是两条：一、在大自然面前，人类多么渺小；二、在灾难面前，日本民族多么伟大。（3月19日）

我应邀参加了汪小菲、大S的婚礼，现场感受到了两位新人的强烈心愿，就是要举办一个不被媒体忽悠和八卦的味儿纯正的婚礼，对此我很理解也很欣赏。我认为，作为客人，理应尊重主人的这个心愿，而罔顾其再三劝告乃至恳求，通过微博或其他方式发表现场信息，则是有失教养的行为。（3月28日）

没有料到，昨天发的一条短小博文掀起了轩然大波。我想说明以下几点：

一、我被邀请参加婚礼，只因为是张兰和田益宾许多年的好友，对此就不必费猜测或表惊讶了。至于认为学者只能和学者成朋友，我对这种逻辑实在没有什么可说的。

二、我只是表达了一个在场客人的真实感受，亲见主人再三向宾客劝告乃至恳求而竟然无效，我的确感到匪夷所思。我的表态不是针对某一个人，而是针对某一种行为。人们可以评判我的观点，但请不要在我的空间里向无论什么人开骂或对骂，我的空间很不喜欢这样的喧嚣。

三、我看世事有自己的一贯立场，碰巧遇见了这一件事，我也就凭一贯立场说一说自己的看法而已。（3月29日）

围绕“世界读书日”，各地举办种种热闹的活动。我的担心是，当这些热闹沉寂下去了，那些不爱读书的人一如既往地不爱读书。当然，那些爱读书的人也一如既往地爱读书。所以，虽然“世界读书日”已过，我仍要继续发表论读书的文字，因为我的意图只是和后者交流。（4月26日）

上初中一年级的女儿迎考，作业一大堆，看她埋头坐在书桌前，我以为她在做作业。一会儿，她微笑着站在我面前，给我一个信封，里面是她刚才自制的精美的贺卡，画着一家人，把我画得特别大，说是给我的父亲节礼物。原来今天是父亲节。我忘了。不，不是忘了，只要和孩子在一起，我每天都在过父亲节。（6月19日）

于娟的遗稿《此生未完成》已出版，我为之作序。这个风华正茂的少妇，在与晚期癌症抗争一年四个月之后，终于撒手人寰。也许这样的悲剧亦属寻常，不寻常的是，在病痛和治疗的摧残下，她仍能写下如此灵动的文字，面对步步紧逼的死神谈笑自若。我感到的不只是钦佩和感动，更是喜欢，这个小女子实在可爱……（7月3日）

上海书展论坛，主题很好：阅读的未来与价值选择。上半场，世纪出版集团陈昕的发言也很好，批评出版业已成为娱乐业的附庸。主持人嫌长，下半场取消发言，改为即兴问答。我准备的发言用不上了，想谈的也是出版向传媒蜕变，导致阅读的碎片化、娱乐化，结果是见证了一个以阅读为主题的论坛本身的碎片化、娱乐化。（8月20日）

上海书展，我眼中最动人的一幕：一张长桌，后面坐着我和陈村，他是出版社请来与我对话的，读者拿着我的书，也请他签，他都从容地签上大名。兄弟真给力啊。相信平生只会有这一次，在这个意义上，那些我们联袂签名的书将成为珍本。（8月27日）

前几天在山东大学做讲座，会场设在三思源报告厅，过道上也站满了人，还有二百多人被挡在了场外。最使我感动的是，这些未能入场的孩子，看见我也都是一张张灿烂的笑脸，没有一丝一毫生气或埋怨的神色。我对自己说，为了这些可爱的学子，我一定会再来山大。（12月20日）

陶然亭公园把全部冰封湖面用铁网围了起来，游人到冰上走走必须买票。哪天下雪了，没准除门票外还得购观雪景票才能入园。

据自然之功牟利，殊可笑。在外省市名园纷纷免费开放的今天，此举令北京蒙羞。（12月28日）

2012年

过马路，绿灯只有20秒，垂直方向仍有缓慢移动的车流，行人必须截断它，否则永远过不了。这时你会发现，被截的车往往使劲鸣喇叭，向你逼近，几乎碰到你的身体。它们最多只需等20秒，可就是不让。无法不想起，在国外，看见你站在人行道上，车就礼貌地停下了。国民素质的差距，处处可见，事事惊心。（1月5日）

中央政府下令，保护农民宅基地使用权，禁止强征强拆强迫农民上楼。很好。自从实施增减挂钩，全国强征强拆成风，大量农民失去家园，导致群体事件频发，上访又遭截访甚至关押，中国农民可怜啊。我的疑问是：一、情况早已十分严重，为何现在才下令？二、此前被强征的该不该纠正？三、命令能否落实？（1月5日）

一向欣赏韩寒，他健康，阳光，直觉好，相信自己的眼睛，不相信皇帝的新衣。这么好的直觉，是代笔不出来的。反过来说，假想中的代笔者直觉这么好，也会不屑于替人代笔。可是，何必为了自证清白而起诉呢？竟还要整一千页材料，真辛苦。这不像韩寒，这是迄今为止我所看到的他的一个最像是代笔的行为。（2月3日）

关注吴英案，对浙江高院坚持判死惊诧不解。近些年来，为了顺应世界文明国家基本废除死刑的现实，按照最高院的指示精神，许多巨贪也不再判死。现行法律判死门槛极低，如果以所谓“符合我国法律”为依据，许多小贪也得判死。即使非法集资罪名能成立，恶劣程度也远逊于贪贿，理应全部纳入不判死之列。（2月12日）

归真堂要上市，一片反对声，我也在它基金的公开信上签了名。中药协会会长称使用造瘘技术，熊在取胆汁过程中很舒服，此言一出，舆论哗然。一个简单的道理：人的机体对于创伤和疾病也有适应性，只要不死，就能带伤、带病生存，那么，是否因此可以说，在人身上造出创伤和疾病是人道的，而受害者很舒服呢？（2月20日）

在北京，包括公园和普通住宅区，你几乎找不到公益性的儿童游戏场地和设施，而在世界多数城市则触目皆是。陶然亭公园一处体育场地，以前有平衡木、平衡链、半球架三个设施是儿童喜欢玩的，最近被拆除，而且只拆除了这三个，意思很明白：不欢迎儿童。一个对儿童不友好的社会，可断定人性化含量极低。（2月29日）

据新华社电，瑞典环境大臣不久前举行晚宴，受邀者有前农业大臣，请柬错寄给了一位同名的平民老妇。老妇赴宴，主客都发现是误会，但主人当即热情欢迎，老妇也坦然享受了招待。多么可爱的一幕，这就是人性的高贵。如果事情发生在鄙国，主人震怒、老

妇被逐是不用说的，恐怕还会成为一个事件，追究责任者。（5月1日）

报载五一前夕，全国知名景区纷纷涨价，有的翻倍，多数门票达三位数。这与欧美国家景区基本免费形成鲜明对照。景区是全民财产，理应实行国家统一管理，不可成为地方政府和部门的财源。杭州西湖、长沙岳麓山和橘子洲等免费开放，值得全国人民向当地政府致敬。建议网民晒各地景区票价，进行评议。（5月1日）

某某可恶，但也可怜，落差太大，几乎一夜之间从巅峰跌入深渊，内心又无道德和信仰的支撑，崩溃是必然的。现在他最需要的是一个牧师，一个心灵训导师，在他人生的末路上，把他引入反省的心境中，从而忏悔而非单纯交代所做的坏事，这样更人道，一定也更有效。（5月6日）

骂声一片。其实那条微博的初衷是，将心比心，一个人的境遇突然一落千丈，极易精神崩溃，此时除了法律的处理外，心灵的疏导也不可少。落难时谁都不是超人，只是普通人。我的想法不只针对某人，对其他落马官员乃至一般罪犯皆应引入人生反省的角度，给予内心转变的机会，这就是我说的人道。好了，不再说。（5月12日）

我谈的是人道，不是政治，之所以删那条微博，是因为大量评论属于政治宣泄，我不想提供这种空间。如果只是骂我，我不会删，我从来认为骂人只暴露了骂者，与被骂者无涉。以前也有骂我

的，我都不删，这是第一次，如再发生上述情形，还会删。（5月15日）

梁和平，音乐家，崔健乐队初创时的音乐总监和键盘手，一个不可救药的性情中人，深受朋友们喜爱。几天前，他遭遇车祸，第六根颈椎折断，很可能高位截瘫。作为他的好友，我心中悲伤，特发此微博，为他寻求最有效的救治和康复之途径。如有线索，敬请留言或发私信，以便联系。（6月29日）

梁和平已转院到康复中心。昨天，他终于做成功了康复师教的两个手臂动作，高兴地说："今天我好开心。"康复师让他通过吹气球练肺活量，他说太无聊了，自己发明方法，练两个拖长的元音，效果很好。关于这个灾难，他如是说："脱胎换骨了，完整了。"他幽默而坚强，世上如果有奇迹，就应该发生在这样的人身上。（7月24日）

昆明市拟向滇池流域6个县区酒店、旅社的入住者征收生态资源保护费，标准为每人每天10元。政府对造成滇池污染的企业缺乏管束，本已是失职，反而来惩罚无辜的旅客，此举令舆论哗然。按照相同的逻辑，为了遏制自身的腐败，建议政府向全国人民按人头征收政府廉洁保护费。（8月7日）

报载通州法院判一案。已婚李男把未婚王女肚子搞大，欲分手，许诺50万元补偿，只给了20万元，王索余款，有不给则让其家庭事业不宁之言。检方控以敲诈勒索罪，量刑三年半至五年半。我惊诧。补偿有口头协议，余款实为欠款，怎是勒索？王所言只是要公开事实之意，怎是敲诈？弱女受了欺负还要坐牢，冤哉！（8月22日）

莫言获诺奖，真好，诺奖由神话变成了身边故事，中国作家从此可以平常心对诺奖了，得和不得都没什么大不了了。（10月11日）

中国作家里，文学品质和莫言相当的有若干位，皆有问鼎诺奖的机会或愿望。对于他们，莫言得奖能起心理解脱的作用。某人以后如果也得了，没什么大不了的，因为前面有莫言开路，你不是第一个；如果不能得，也没什么大不了的，因为前面有莫言挡路，用掉了你的机会。这是我昨天微博最后一句话的意思。（10月12日）

网民的误读真让人无语，我只想说明一点：我压根儿没做过诺奖梦，今后也不会做。因为我清楚，文学是想象力的创造，用这个标准衡量，我连文学的门也没有进。我是一只有常识的狐狸，另一个星球上的葡萄多么甜，也和我无关，犯不着去说它酸不酸。（10月12日）

崔健15日的大型个唱，他状态极好，全场气氛极好，为他高兴。与此同时，我俩合著的《自由风格》增补本已由湖南人民出版社出版。出版社原计划在个唱现场发售，遭场地管理方拒绝，理由是崔健的歌碟也没允许发售。这是用一个错误证明另一个错误是正确的，很无语，是吧？（12月18日）

2013年

正来今早走了。昨晚获悉病危，今天赶去上海，竟不能见最后一面。从确诊至今不足一月，实在太快了，多少憾恨！十天前他对我说，生命不在活多长，在它的精神维度。当时他虚弱，我俩约定他稍好时深谈，不可能了。正来安息，你心我知。（1月24日）

近些年来，中国社会种种现象令有识之士忧虑，也令普通民众不满。一方面，政府权力扩张，国企尤其央企独大，公费消费嚣张，官员腐败猖獗。另一方面，农村强征强拆肆虐，城市房价飞涨，通货膨胀严重，贫富差距悬殊，各种矛盾激化。原因是什么？出路在哪里？推荐各位读吴敬琏、马国川著的《重启改革议程》。（5月11日）

腾讯微博名人团访韩，愧列其中。昨天到汉城，访国立外交院。今天访CJ公司、国会、首尔大学。各处主人必有演讲，团内精英滔滔应对，很是为国争光。我从来是一个倾听者，颇长见识。听说任志强已发百条微博，我笨手笨脚，刚发第一条，先向国内朋友们问个好。

1日晚，赴韩前夕，刚上任的驻华大使权世宁举办晚宴。2日到汉城当日，外交院中国研究所所长、前驻华大使辛正承主持晚餐。3日，刚卸任的驻华大使李揆亨主持早餐。三日之内，见了三位韩国驻华大使，突然感到置身于密集的中韩关系中。那位新任大使颇幽默，有一美貌的音乐家太太，我说你在中国开微博一定火。

首尔大学校长说，大学不涉政治和商业利益，知识分子有追求普世利益的能力和责任。这本是常识，但对于中国今天的大学已是遥远的梦想。人民大学副校长吴晓求即席说：“教育部一个电话，我就得马上去。”他真是今日中国为数不多的一位诚实的校长。

朴槿惠在清华演讲中说，父母被刺后，18年痛苦隐居，精神支柱是冯友兰的《中国哲学史》。我因此对这位总统心生好感，以哲学疗伤是一种境界。冯著是写得最好的中国哲学史，我也佩服她的眼光。当今时代，世界各国元首里，还有谁会读哲学、谈哲学呢？

会见韩国外交部东北亚局局长朴俊勇，一个中国通，用地道普通话亲切聊天。他陪同朴槿惠访华，说她这次特别高兴，还与中方安排了今后的人文交流，这是前所未有的。中韩关系处于历史上最好时期，这位女总统极看重中韩关系，我相信原因之一是中国哲学在其人生中有过重要影响。我乐见哲学对政治领袖发生影响。

参观三八线。三八线以南，青山绿水，是高丽参主要产地。这里已成旅游景点，游人蜂拥。

参观韩国企业前二强。老二“现代汽车”，造自行车起家。看机器人在生产线上忙碌地焊接和组装，觉得在看超现实动画片。老大“三星”，造家电起家，去年手机市场份额全球第一。“三星”23万员工，在中国6.7万人，占28%，有40多个生产基地。“现代”在中国也有诸多生产基地。中国已成韩国工业的大后方，喜乎，悲乎，令人感慨。

庆州，古新罗国旧址，多古迹，整体列为世界文化遗产。但人家没有借此发展旅游业，青山绿原，老镇小街，游人稀少，一片宁静。

在庆州看飞行秀，基本上是杂技，用情节串起来。情节编得有点单调，我正犯困，几个演员走下台来，把我拽上台，是选中我互动。没有退路，我就豁出去了，尽力配合演出，出表情，出动作，那些让我上台的演员挺满意。我们团里有人评论说，我上台，演出达到高潮，是今天最佳演员。我心想最该上台的是纪连海。（以上7月3—6日）

“腾讯微博名人”访韩昨日结束。六天行程紧凑，走马观花也是收获。其他9个成员，3个原来认识，6个闻其名但初次结识，职业不同，性格各异，皆有精彩之处，也皆是好旅伴。我把名单录在这里，作为留念：任志强、华生、张颐武、吴晓求、曹景行、陈一冰、纪连海、毕淑敏、李欣频。（7月8日）

城管是中国社会的怪胎，城管与摊贩猫捉老鼠的丑剧随处可见，城管暴力执法乃至打死摊贩的悲剧时有报道。症结是城管拥有划定摆摊区域和准入的权力，解决办法是剥夺这个权力。按照法治原则，凡不损害他人的行为皆天然许可。为了公共交通和秩序，应该划定的是不准摆摊的区域，在此之外的都不应设准入许可。（7月

29日）

妈妈推着童车，童车里躺着女婴，和平，幸福，多么美丽的图景。突然从汽车里走下一个凶汉，嫌童车妨碍停车，举起女婴摔死。图景逆变，暴力，灾祸，丧尽天良的罪行，永世不愈的伤痛。无法相信人性会泯灭到这个地步，我不再赞成完全废除死刑，对残害儿童生命的罪行，死刑不足以抵罪，但只有保留死刑一途。（8月4日）

昨夜过马路，被一辆疾驶的电动车撞倒，血流满面。到医院，脸颊缝了16针，颧骨3处骨折，可能要手术。医生问那个肇事者呢，我说当时就让他走了，看样子是个农民工，一不会给我治伤，二我不想让他赔医疗费，医生说你真宽容。这条微博是向大家告假，要休息几天。（10月8日）

昨天做了全麻手术，很成功，主刀医生喜欢我的书，太有缘了。他采取的方法是把已缝的伤口切开，由此口复位折断的颧骨并用钛板固定。一般是切开头皮做这种手术的，以避免脸留疤痕，整容就是这样做的，听了觉得可怕。我庆幸脸上已有伤，躲掉了切头皮。（10月13日）

脸上留疤痕想来是逃不掉的了。妻子调侃说，以后要不酷也难。一女友安慰说，男人不靠外貌，靠精神。我说，以后得全靠精神了。上帝给了我一个机会，要我进一步超越肉体。（10月13日）

对于电动车乱象，我深恶痛绝，但这个问题须通过制度解决。交规部门应管起来，上牌照，建档案，惩罚犯规。现在的问题是，犯规没有记录也不受惩罚，素质差者就闯红灯，撞行人，横冲直撞。（10月13日）

接阿里公益天天正能量负责人马晓慧的短信，说鉴于我对陌生人的宽容和善意，由评委童大焕建议，要奖励我一万元。我回信说：非常感谢，请把奖金授予符合条件并且更需要的人。在叶匡政建议下，各方同意，决定把此项奖金转赠安于清贫、潜心创作时代诗篇的优秀诗人杨键。（10月20日）

朋友邀请，初到东京，惊讶有三。一是干净，天空、街道、房屋都仿佛一尘不染。二是清静，一般街区行人稀少，繁华商业中心虽摩肩接踵，但无喧哗之声。三是交通顺畅，不见堵车，朋友说仅节假日在高速公路出入口会拥堵。人口超过北京，怎么做到的？可知吾国的雾霾、喧哗和拥堵，原因在体制、管理和人的素质。（12月10日）

应邀到昆明看升级版《云南映象》，感动，震撼。把民间原生态舞蹈整合成艺术精品，无比珍贵，因为原生态在迅速消失，杨丽萍这样的天才百年难逢，这也许是最后的机缘。与她交谈亦是人生快事，她敏感率性，又智慧通达，比如说，谈及她热爱的原生态的消失，她反问：凭什么你享受现代科技，让村民还点煤油灯？（12月17日）

2014年

2013年一眨眼就过去了，太快了！年复一年，岁月飞逝。不过，我的原则是不和时间赛跑。管它时间走得多快，我就慢慢地走，按照自己觉得舒服的节奏走，静心做事情，安心过日子，欣赏沿途的风景。我不向时间争分夺秒，不让我的人生成为争分夺秒的战场，这反而使得我的每一个当下都完好无损。（1月1日）

我对2014年的愿望：人平安，国平安。（1月1日）

昨晚央视一套《开讲啦》播出我的谈幸福节目，朋友们看了都觉得好。女儿轻易不赞我，这次评论说：爸爸讲课挺自然，像平时讲话一样。问答板块，若干美女青年代表咄咄逼人，好不厉害，必欲置我于死地，我总算带伤保住性命。这要感谢小撒的主持，他虽然煽风点火，但在关键时刻不落井下石，有时还明攻暗救。（7月8日）

举办了一个小范围活动，30来位朋友出席，我和济群法师做讲座和对话，并与朋友们互动，气氛很好。对话部分，我从哲学角度对佛法提出疑问，法师作答，互相辨析究竟，我和听众大有收获。法师精通佛理，且拥有平常心和健全常识，对所提问题包括无知的问题皆能给予通情达理的理解，做出有说服力的回答。（7月23日）